義妹生活 9

三河ごーすと
插畫 Hiten

Kadokawa Fantastic Novels

Days with my Step Sister

Contents

9
義妹生活
三河ごーすと
插畫 Hiten
Kadokawa Fantastic Novels

實習中
Erina Kozono
小園繪里奈

「淺村前輩嗎？
小女子不才，
還請多多指教！」

雨夜

「我會待在妳身邊，
哪裡都不去。」

最後的夏天

關於社團活動

這麼說來，淺村你們為什麼不參加社團？

我以課業和打工優先。而且沒什麼特別想參加的社團活動。

一樣。感覺會被逼著團體生活也是理由之一吧。

原來如此啊。
淺村和綾瀨以個性來說會這樣能夠理解，
但奈良坂為什麼會是回家社？

因為要照顧弟弟們吧。

不過很遺憾！我不是回家社喔！

咦？

不瞞各位，別看真綾我這樣，其實我是影像製作社的社員。

完全不知道……妳什麼時候開始去社團的？

沒去啊。

這什麼意思啊？

唉呀～我是在想，如果能拍YouTube影片之類的應該會很有意思，
只是為了借器材而參加的♪

幽靈社員啊。

叫我榮譽社員！

拍怎樣的影片啊？

跟拍！淺村同學與沙季的心跳兄妹生活！……之類的。

駁回。

怎麼這樣！

冷靜的人生規劃不保證會有幸福的人生。幸福藏在剎那間的狂熱之中。

6月12日（星期六） 淺村悠太

拖著大行李箱的老爸和亞季子小姐並肩站在門口。

從公寓走道能看見蔚藍的天空。

再過一週大概就要進入梅雨季，不過今天是個晴朗的好天氣。豎耳傾聽，甚至能聽到下方樹梢傳來麻雀的叫聲。

「呃……那麼，悠太，我們要走了。」

「麻煩你們看家嘍。」

老爸顯得很擔心，亞季子小姐則顯得很開心。

「好的，沒問題。」

我對亞季子小姐露出笑容，然後無奈地回了老爸一句「用不著那麼擔心啦」。

「真的、真的沒問題嗎？門要鎖好喔？飯也要好好吃喔？不可以因為嫌麻煩就不吃飯喔。」

「好好好，包在我身上。」

我這麼回答之後，身旁的綾瀨同學也說道：

「沒問題的。我們會自己做飯，也會記得把門鎖上。家裡就由我和——悠太哥看著。」

悠太哥。聽到這一聲，讓我的心跳稍微快了點。

「悠太哥」，這是大約十天前我和綾瀨同學之間新決定的特別稱呼方式，只在家裡使用。

對於老爸他們，我們隨便找了個「同居一年，剛好是一個段落」的藉口搪塞。

雖然沒說謊，卻不代表這就是全部的真相。

沒有血緣，但我們是兄妹。

儘管如此，卻都懷抱著超出兄妹範疇的感情，度過關係無法定義的夏季，在萬聖節確認了彼此的心意……從此以後，我們既是沒有血緣的兄妹，卻也是情侶。

不過就另一方面來說，老爸和亞季子小姐分別當了多年的單親爸爸和單親媽媽才再婚。這是好不容易才得來的「家庭」。

我和綾瀨同學不想毀掉它。雖說沒有血緣，但是我們沒辦法看得那麼開，不能無視我們也是兄妹這點。

可能就是因為這樣，升上三年級分到同一班之後，我們抓不住彼此的距離感，下意識走到了和共依存只差一步的地方。

這樣下去不行——這麼認為的我們，決定重新審視在家相處的距離。

在家裡，綾瀨同學改口喊我「悠太哥」。比「淺村同學」來得親近，但是在後面加上「哥」提醒我們別忘了兄妹這一層身分。這個稱呼，是刻意用來避免在家中過度親密接觸。

至於我，則試著從先前的「綾瀨同學」這種見外的稱呼，換成比較親近一點的喊法。具體來說就是只喊名字——「沙季」。

不過，雖然已經決定，但我到現在還沒習慣綾瀨同學的「悠太哥」這種喊法。

「感覺有點僵硬耶。」

聽到亞季子小姐這麼說，我感覺心跳加快。

「怎、怎麼了嗎？」

「聽到沙季喊哥哥，悠太看起來有點坐立難安。」

「沒這回事對吧，悠太哥？對不對，悠太哥？已經習慣了對吧，悠太哥？」

壓迫感好重。

這樣連喊會有反效果吧？老爸的表情就變得很怪。

「啊，呃……嗯，應該吧。已經習慣啦。」

我含糊帶過，亞季子小姐嘆了口氣不再追究。

「嗯，總之，不用擔心我們——我和沙季。難得只有兩人的旅行，你們就好好享受吧。」

沒錯，老爸和亞季子小姐正要出門，來一趟兩天一夜的旅行。

再婚一週年紀念旅行。

說起來，我是五天前的同居紀念日才聽說這回事，之後亞季子小姐又透過綾瀨同學轉述老爸的想法。

老爸本來似乎打算放棄這趟旅行。

雙方都是再婚，又都有個未成年的孩子（我和綾瀨同學）——因此，老爸雖然計畫了這趟旅行，卻覺得放棄也沒關係。部分原因大概也在於我們是考生吧。亞季子小姐則告訴他，顧慮這麼多反而會讓孩子們介意。

「不過，留下你們兩個看家還是讓我覺得很抱歉……」

「太一，沒關係的。這一年來，偶爾也會碰上我們兩個人都不在家的時候吧？對不對，沙季？」

對於亞季子小姐這句話，綾瀨同學點頭肯定。看見她的表情，亞季子小姐露出笑容。

然後拍拍老爸的屁股，催促捨不得離開的老爸。

「好啦好啦，太一，再不出門就要塞車嘍。」

老爸這才推著行李箱往電梯走去。

即使如此，他途中還是回頭看了一眼。我和綾瀨同學則是揮手送別，直到兩人走進電梯。

等到他們的身影消失在電梯，我們才回到家中。

「真愛擔心，對吧？」

我回想老爸的臉，同時鎖上家門。

接下來這兩天，家裡只有我和綾瀨同學。

「要現在吃飯嗎？」

聽到綾瀨同學這一問，我拿出手機確認時間。已經七點半了。

「吃吧。拖下去就要和午飯一起吃了。」

「也對。」

週末原本由亞季子小姐和老爸做飯，不過他們兩人去旅行，我們只能自己來。所以今天由綾瀨同學負責，明天輪到我。

我們走向餐廳。

「我來幫忙吧。」

「沒關係，幾乎都弄好了。去桌前坐著吧。」

照她說的什麼都不做，也會讓我過意不去。

我像平常一樣，擦桌子、盛飯、準備飲料，把一些做得到的小事解決掉。順便拿出放在冰箱裡的麥茶壺。茶一倒進杯子裡，杯壁就冒出水滴。六月已經快過一半了，一早就很熱。我已經打開空調。

坐到自己位置上的我，打量起綾瀨同學做飯的背影。

圍裙底下是白色露肩上衣，左右上臂處都有小緞帶。與其說是輕鬆的居家服，不如說只是把項鍊、耳環等飾品拿掉的外出裝扮，和一年前一樣無懈可擊。

雖然我們的關係和當時已經有很大的不同。

「那麼，吃飯吧？」

聽到綾瀨同學的聲音，我連忙抬起頭。

不知不覺間，她已經準備完畢。我們兩個都坐定後，合掌說了聲「我開動了」，然後吃起早飯。

煎鮭魚、煎蛋捲，還有白飯和味噌湯。慣例的菜單，說不定這是我一年來吃過最多次的組合。旅館早飯也常看到的那一套。

味噌湯裡探出頭的湯料令人有些在意，我把筷子伸進去輕輕攪拌，說道：

「高麗菜耶。」

「沒錯。春高麗菜和迷你馬鈴薯。我把當季蔬菜放進味噌湯裡。很怪嗎？」

「呃，馬鈴薯姑且不論，我看見高麗菜不會想到把它放進味噌湯裡。」

在我的印象中，提到高麗菜就該切絲搭配炸豬排，或者切成一口的大小之後和洋蔥、紅蘿蔔、豬肉一起做成炒什錦。

「我倒認為放進味噌湯裡很正常。不過嘛，要是覺得不太對勁，也可以把它當成濃湯。」

「試著把它當成有味噌味道的濃湯？」

「沒錯沒錯。」

聽她這麼一說，我便試著把眼前的味噌湯當成西式湯品看待。不可思議的是，先前的異樣感就此消失無蹤。

原來如此，這就是偏見嗎。

「話說回來，現在是高麗菜的產季嗎？」

聽到我這麼問，她點點頭。

春高麗菜正如其名，是秋天播種春天收成的高麗菜。

「不過現在已經是初夏了。居然還是產季啊。」

「北方應該差不多這個時候吧？我不太清楚就是了。賣場也寫春高麗菜，我想應該沒錯。迷你馬鈴薯也一樣。而且，只差兩個月應該無妨吧？」

相差兩個月好像就是不同季節了耶。唉，也罷。重點是好不好吃。

我把湯攪拌均勻後，喝了一口。

「味噌湯……應該說味噌濃湯？其實怎麼稱呼都無所謂啦。很好喝耶。蔬菜的甜味也有出來。」

我用筷子夾起高麗菜和馬鈴薯試了一下。兩者都有熟透，而且高麗菜保有爽脆的口感，馬鈴薯也沒有散掉。代表加熱的時間和順序都掌握得很漂亮。

然後，舌頭嚐出的些許味道是……

「薑？」

「嗯。加了一點點。」

「喔？感覺很清爽，不錯耶。」

「不敢當。」

可能是我誇得太過頭了吧，綾瀨同學淡淡地這麼說完便繼續吃飯。相處一年下來，我大概猜得出她會有這種反應是因為害羞。

「那麼，淺——悠太哥，你今天的行程是？」

「現在叫我淺村也可以喔，反正老爸他們不在。」

「不行。這會讓我過度意識到彼此沒有血緣關係的事實。決定喊你『悠太哥』就是為了避免這樣吧？」

換句話說，對於綾瀨同學而言，這是用來避免在家裡和我有親密接觸的咒語。阿布拉卡達布拉。痛痛飛走吧。兄妹不可以在家裡擁抱嘿喲嘿。

只不過，純粹由她那邊拉開距離，並不能解決問題。這麼做會使得她沒辦法將「特別親近的家人」的意識維持下去，所以我這邊必須主動接近才行。

「呃，今天的行程啊……我中午要打工，沙——沙季呢？」

我一說出「沙季」，綾瀨同學便展露笑容，平常的撲克臉消失無蹤。如果光是這樣就能減輕她的壓力，要我改多少次稱呼都沒問題……應該沒問題。

「今天頂多出門買東西吧。洗衣精快沒了，蔬菜也是。而且學校有作業，我考慮趁著週六寫完。」

「反正我打工要去站前，那邊買得到的東西就由我買回來？」

「那麼，我待會兒把要買的東西列出來。如果有需要就傳訊息給你。」

「我知道了。」

「……」

怪了？她的眼神好像充滿期待——啊。

「我知道了啦，**沙季**。」

「嗯。麻煩嘍，悠太哥。」

很好。

我想，這應該就是我們——我和綾瀨同學現在的適當距離。感覺不錯。

「怎麼了嗎？」

「什麼怎麼了？」

「你的表情好像剛結束什麼艱鉅的任務一樣。」

「會嗎？」

「不過，這種時候很容易漏掉重要的事，對不對？沒問題吧？」

「沒問題……應該吧。」

雖然剛剛這幾句話讓我有點不安了。

接下來，我們一邊吃著普通的日式早餐，一邊聊著彼此數天來安穩的日常。

早上，起床時覺得口渴。已經是夏天了，游泳課也開始了。這麼說來，今年泳裝如果不換新可能會不合身。綾瀨同學說到一半才發現是在對誰說話，於是閉口不語。大概是以前在家只和亞季子小姐聊天所留下的後果吧。

這也證明我對她來說是個能敞開心扉的對象。只不過，就算面前的是親哥哥，也不會提到泳裝尺寸吧。這或許也是距離感難以拿捏造成的影響。

為了避免尷尬，我決定換個話題。儘管其實要聊什麼都可以，不過當下閃過我腦海的是——

「週二有班際球賽，練得怎麼樣了？」

「還過得去吧。不過，我希望能夠練到不至於扯別人後腿的程度。悠太哥也一樣吧？」

「是啊。畢竟我的籃球技術沒那麼好。」

「這樣啊。我沒想到你(anata)會選籃球。」

聽到「你(anata)」，又讓我愣了一下。

是因為最近不再用「淺村同學」稱呼我的關係嗎？現在綾瀨同學喊我時，偶爾會混進第二人稱代名詞的「你(anata)」。可能是因為「悠太哥」這個稱呼在重複使用時太長，也可能是因為不想喊哥哥而下意識地這麼做。即使如此，我的腦袋依舊跟不上這個不習慣的用法。

「吉田找我參加的。」

「最近你們常待在一起對吧？」

「校外教學時一起行動混熟的嘍。」

「你們都很努力練習耶。投籃投得很準呢。」

6月12日（星期六）　淺村悠太

我選籃球，綾瀨同學選排球，兩邊都在體育館練習，所以彼此都看得到對方練習時的狀況。

「妳有在看啊？唉，當時只是恰好投進而已。」

「不過，投得進一次，就代表以後也投得進吧？」

「想要做到，必須更努力練習才行……」

畢竟我的球技實在算不上好。

說實在的，喜歡待在室內的我，身體沒吉田那麼強壯。雖然耐力或許比一般人來得好，畢竟書店店員其實是肉體勞動。不算運動白痴也是不幸中的大幸。

「或許比網球適合呢。」

「這麼說來，沙季接球和殺球都會耶。好厲害。」

相對於可以持球的籃球，我覺得必須把球彈回去的排球比較難。實際上，我在上排球課時就接不好。

「我也不擅長啊。不過既然要參加，就不能給隊友添麻煩。」

綾瀨同學苦笑著說道。

「嗯，彼此都在能力所及的範圍內好好努力吧。」

「是啊。」

真要說起來，我們兩個都對自己的選擇感到驚訝。沒想到我選了籃球、綾瀨同學選了排球。

無論是我，還是綾瀨同學，直到去年都還選擇不必和別人扯上關係的個人競技項目網球。安排讓大家練球的體育課，綾瀨同學甚至丟著練習不管都在打混。

不過嘛，宣稱有練習的奈良坂同學也在打網球時來了一支超特大全壘打，到底有沒有認真練球令人存疑。

離題了。總而言之，我們兩個原本是堅決不參加團體競賽項目的。

沒想到今年兩個人都參加了團體項目。

在晨光的照耀下，坐在餐桌前的我們有一搭沒一搭地聊著。

時間緩緩流逝。起居室的電視沒開，沒有會讓人心情起伏的新聞，也沒有播放音樂。每當綾瀨同學將筷子伸向桌子中央的大號沙拉碗，她的髮絲就會從肩頭滑落。

變長了呢，我心想。一度剪短的頭髮，已經留回和以前差不多的長度。亮色系秀髮的髮梢，在射進來的陽光照耀下顯得晶瑩剔透。

「怎樣？」

看呆了的我連忙移開視線。

這個週末，我將初次和這位一年前突然到來的義妹獨處。

正如亞季子小姐所言，這一年來偶爾會碰上父母都晚歸的日子，就這點來說，這個週末其實和往常沒兩樣。儘管如此，但我不記得有哪次是整整一天父母都確定不在家。

只有我們倆。無論我和綾瀨同學做什麼都沒人會制止，也沒人會責備。當然，我們並沒有因此就要特別做些什麼。

「我吃飽了。」

就在我發呆時，綾瀨同學已經吃完早飯。

「啊，抱歉。」

「慢慢來沒關係，反正今天是週六。」

綾瀨同學不慌不忙地打開快煮壺的電源。大概是要弄餐後的紅茶或咖啡吧。

「不過，我還要打工。」

「幾點出門？」

「十點之前必須出門。因為排班是十一點。」

沒什麼時間能讓我浪費。我收拾完餐具，再把洗好晾乾的打工制服放進背包，就到了該出門的時刻。

綾瀨同學將便當遞給我，說是為了讓我在午休時間吃而做的。

本來打算用超商便當打發的我，心懷感激地收下。同時我也在想，明天綾瀨同學打工時，我是不是同樣幫她做點什麼比較好。

我騎上自行車趕往站前。

之所以騎得沒有平常那麼快，則是因為在意便當盒在籃子裡發出的聲響。希望不會弄亂綾瀨同學特地做的便當。

我走進打工的書店。

換上制服到辦公室路面的我，看見屋裡有個陌生女孩正在和店長談話。我還來不及冒出「誰啊？」的疑問，少女已經向我一鞠躬。

「初次見面。我是小園繪里奈，從今天起要承蒙關照了。」

這個低下頭自報姓名的少女，看起來比我小了一兩歲。

我想，大概是比我小兩屆的高一生吧。

新學期開始才兩個月，她身上還有些國中生的氣息。

個子很矮。我所認識的女性之中，扣掉堂妹表妹後最矮的是奈良坂同學，但是這個女生比她更矮。如果視線要配合她的高度，必須稍微蹲下才行。

可能就是因為這樣，她比奈良坂同學更像小動物。

柔順的秀髮在頭上左右兩側各綁了一束，或許也是顯得孩子氣的理由。我對女性的髮型不太清楚，不過印象中這種應該叫做披肩雙馬尾（Two side up）。

比較有意思的是，她的頭髮有兩種顏色。黑髮中混了幾撮粉紅。

看得出來，她應該是新的工讀生。

店長最仰賴的工讀生讀賣前輩，說了要忙求職和畢業論文的事。她上班時間愈來愈少，所以店長好像也有說過希望多找個工讀生。

「早安，店長。」

「嗯。淺村小弟，早。」

店長帶著一如往常的溫和笑容回應我。

我輕輕點頭，同時瞄了少女一眼。大概是看出我的眼神有什麼含意了吧，店長為我介紹。

「先前有稍微提過這件事……」

「新的工讀生嗎？」

「嗯。她從今天開始上班。呃，KOSONO……不對，KOZONO，是嗎？」

「是的。『KOZONO』。漢字寫成『小小的花園』。」

「花園……喔，不是庭院而是花園啊。」

「是的！就像小小的窗戶是小窗，小小的船是小船，小小的花園寫成小園！」

「嗯，我知道了。小園同學對吧？我是淺村。」

「淺村前輩嗎？小女子不才，還請多多指教！」

「啊，呃。我才要……請多指教。」

慢著，我要她指教什麼啊？

「我打算麻煩淺村小弟帶小園小妹，剛剛正巧和她談到這件事。」

「要丟給……啊，不，要交給我負責？」

「哈哈，不用勉強，淺村小弟平常說話已經很有禮貌了，維持原狀就好。至少在這間店沒人會生你的氣。」

可是，太過習慣人家的好意，將來可能會困擾。不過嘛——現在該先談談怎麼帶新工讀生。

「我也還是個菜鳥啊。」

從高一算起已經整整兩年。確實以工讀生來說應該算長了。不過，包含讀賣前輩在內，這家店裡還有不少人做得比我久，而且以年齡來說我和綾瀨同學是這家店最年輕的。雖然小園同學加入之後就變成她最年輕了。

「我想你們年紀相近，她若是有問題比較方便問。」

「大概吧。可是，我不太擅長教導別人——」

「畢竟綾瀨小妹也相當於是你帶出來的，就麻煩一下嘍。讀賣小妹前年教了你不少吧？你只要回想起來就好。當然，沒有要你一個人帶。我也打算麻煩讀賣小妹，有困難時可以找她商量。只不過……」

店長表示，讀賣前輩今天一樣要到傍晚才會來，沒辦法從頭帶到尾。

人家都說到這種地步了，我也找不到理由拒絕。

我高一開始打工時，就是讀賣前輩主動表示要帶我。

當時她傳授我不少書店店員的訣竅，因緣際會下輪到我了。受到的恩惠，該回饋到別人身上。因果循環。

一問之下才曉得，別說書店打工了，實際上這是小園同學第一次打工。

和兩年前的我一樣。一想到我的應對將決定她對於打工生活的印象，就讓我感到責任重大……但是非做不可。

「雖然不曉得教得好不好，但我會盡力而為。」

「好的！謝謝你！」

她精神抖擻地說道，然後一鞠躬。

此時我對她的第一印象，是「朝氣蓬勃而且很有禮貌」。該說像太陽一樣明亮嗎？不，有點不一樣。看見奈良坂同學會讓我聯想到松鼠或小狗，不過小園同學要來得更小隻──

「黃金鼠……」

「咦？」

「啊，不，沒事。」

就像一隻活力充沛的黃金鼠──差點把這句話說出口的我，連忙閉上嘴。散發小動物感的新工讀生，給我的第一印象就是這樣。

「是不是先為她介紹一下店內比較好啊，店長？」

「嗯，麻煩了。」

6月12日（星期六）　淺村悠太

店長這麼說，於是我決定從店裡的配置開始教起。我將發下的制服交給新人，再帶她去更衣室。趁著人家換衣服時，我在店裡轉了一圈，思考該按照怎樣的順序介紹。

一方面也因為是週六，我今天排班時間比較長。有店長掛保證，撥出時間帶新人應該沒關係吧。

轉完一圈之後，小園同學正好換完衣服走出來。她的胸前還別上了「實習中」的徽章。

「那麼，跟我來。我從後面開始介紹。」

「後……聽起來有種糟糕的感覺……」

「不對不對。後場——呃，就是堆放存貨的地方啦。」

「喔，倉庫啊！前輩說後面讓我誤會了。」

我覺得有這種誤會不能怪我。

我帶小園同學到倉庫。

「盤商送來的書會放在這裡。所謂的盤商，就是指在製作書本的出版社和我們這種書店之間轉運的業者——」

「批發商對吧？」

「沒錯沒錯。」

我大致說明了倉庫的功用後，回到賣場。

「剛剛小園同學和店長所在的房間是辦公室。休息時可以待在隔壁的休息室，也可以留在辦公室，不會離開太久的話也可以外出喔，像是去買自動販賣機的咖啡。如果要喝茶，休息室也有茶飲機。」

「我不太喜歡喝茶耶～因為很苦。」

「那就利用販賣機吧，也有賣冷飲。不過，外出時最好把圍裙和徽章都拿掉。如果是吃飯，會有充裕的時間讓妳換好衣服再外出。」

然後，我瞄了一下店裡的時鐘。

已經十一點半。不知不覺就要到吃飯時間了。

「那麼，我簡單介紹一下店內。」

「好的！」

我帶著小園同學繞到店門口。

「不管是什麼店，都會有『動線』的概念。」

「喔。呃……？」

「人在建築物內移動時會按照怎樣的順序逛，把它用線表示就叫做動線。」

「啊，所以才要回到門口對吧？」

能說出這句話，看來她相當敏銳。

「我想，按照我們這家店的動線來介紹，應該比較容易記住。要全部記住恐怕很難，先有個印象就行了，要好好聽喔。」

「我知道了。」

這間開在澀谷車站附近的店，都是些怎樣的人上門光顧呢？我把這點告訴她，並且說明書本會如何配合客群擺放，就這樣在店裡轉了一圈。我想到，兩年前剛開始打工時，讀賣前輩就是像現在這樣為我介紹。

第一次打工讓人很緊張，一下子教很多也不可能都記住。

所以，我並不期待新人能把所有的內容都記住。店內架上的位置安排有其用意——只要對這點有個概念就好。

接下來，再從基本的工作內容和問候開始教起。

最後帶她到收銀台內側，簡單提一下結帳工作。

不過，近年結帳要記住的事太多，應該會讓她從站在結帳店員旁邊折書套開始做起吧。

不出所料，講到信用卡結帳的處理方式時，小園同學的臉上露出了「實在記不住這麼多」的困惑表情。

嗯，第一天到這裡差不多是極限了吧。

回到辦公室，正好十二點。

我順便教她休息時怎麼打卡。這年頭似乎也有公司使用ＩＣ卡管理人員出入，不過我們店還是用紙做的出勤卡。將長方形紙卡插進機器的細縫。輕壓一下，卡片就會平順地消失在機器裡。「卡洽」一聲印上現在的時刻後，又會平順地吐出來。

我們就是用印在上面的時刻，計算實際的工作時間。

「真有趣。」

「嗯，不過ＩＣ卡應該比較簡單就是了。」

即使賣場的結帳已經電子化，員工管理依然是老方法。不過嘛，這部分應該也會慢慢改變吧。

「所以說呢，午休時間到嘍。從現在起的一個小時是休息時間，接下來的等到休息完再說。如果想去外面吃也行，妳打算怎麼辦？」

6月12日（星期六）　淺村悠太

「我有帶便當。可以在休息室吃嗎？」

「沒問題。」

「……飲料該怎麼辦才好？」

她輕聲嘀咕。這麼說來，她好像提過不喜歡喝茶。

「可以去外面的販賣機買，願意接受白開水的話茶飲機也有提供喔。」

「謝謝前輩。」

小園同學跑向置物櫃。

書店在吃飯時間同樣有營業，所以這段時間也得有人幹活。我不知道其他店家怎麼安排，不過在這間店，會從手邊沒事的人開始一個一個去午休，稍微把時間錯開。

若是平常就會這麼做，不過看來我今天最好也趁這個時候吃飯。

從顧客人數來看，趁著鬧區客人也都去吃午餐，不太會有人來書店的這個時間吃飯比較好。如果之後才吃，吃完飯的小園同學就沒事做了。

拿著便當回到休息室後，我發現小園同學還沒來。

我沒放在心上，吃起自己的午飯。

先用茶飲機泡了杯茶來配，然後打開綾瀨同學為我做的便當。

「喔，三色便當啊。」

便當盒內就像國旗一樣，漂亮地分成三個部分。正中央是白飯，右邊是橘色，左邊是黃色。

右邊的橘色，是把鮭魚碎肉鋪在飯上。也就是把早餐的煎鮭魚直接挪為便當裡的菜。做早餐的時候，她大概已經在考慮便當內容了吧。左邊的黃色配菜是炒蛋。我夾了一塊來嚐，有高湯的味道，帶著些許甜味，很好吃。

便當袋裡還有個小保鮮盒，不用打開就看得出是沙拉。裡面滿滿萵苣、洋蔥、紅蘿蔔絲，還有一顆小番茄。保鮮盒角落有個魚型小調味料瓶，瓶中是不透明的液體。我想，應該是淋在沙拉上的醬汁。倒完醬汁後，我從沙拉吃起。

吃完小保鮮盒裡的沙拉，我才把筷子伸向便當盒。

我將炒蛋和下面的白飯一同夾起，送到舌頭上。還有點濕的炒蛋和少了點水分的白飯在口中糾纏，吃起來恰到好處而不至於太乾。

好吃。同時，也讓我有點沮喪。

明天是綾瀨同學打工的日子，我也想為她準備便當，但我不覺得自己能做到這種水準。

聽到開門聲，我抬起頭。小園同學抱著便當袋走進來。

「打擾了。啊，前輩也帶便當嗎？」

說著，她從我背後走過，繞到我對面的座位。

隔著長方形桌子坐在我斜對面的小園同學，瞄了我的便當盒一眼。

「看起來很好吃耶。前輩做的嗎？」

「啊～」

該怎麼辦呢？說謊也不太好啊……

「家人幫我做的。」

我這麼回答。這個答案不算說謊。只不過沒說謊並不等於是真相。

「喔～」

「那小園同學呢？」

雖然有可能被發現是故意扯開話題，不過幸好人家沒有追究。

「媽媽幫我做的。」

說著，她打開自己的小便當盒，接著就像結凍一般停下動作。

便當盒裡的白飯上頭，撒了一層粉紅色的香鬆。
「媽媽真是的，都說了我已經是高中生，別再撒櫻花魚鬆的……」
看來是為了沒得到相應於年齡的待遇而嘆息。
不過，她嘴巴上抱怨，合掌說開動後卻面帶微笑，心滿意足地動著筷子。看見她的表情，總覺得能體會母親撒上櫻花色香鬆的心情。
在那之後，我們沒怎麼交談，休息時間就結束了。

我繼續帶新人，教她怎麼整理書架，很快就到了下班時間。嗯，打工第一天差不多就這樣吧。
我們兩個回到辦公室。裡面沒有人。時間快到傍晚，店內的客人也多起來了。想必包含店長在內的所有人都在店裡某處忙碌。
雖說下班並不是非打招呼不可……
就在我煩惱該怎麼辦時，房間門開了，傳來某人哼歌的聲音。
「哼哼～！早安呀～後輩，近來可好～？」
穿著套裝，將長髮束在腦後的讀賣前輩。

「妳心情很好嘛。」

「因為面試的感覺還不錯啊。允許你讚美我喔～」

「辛苦了。」

「這不是讚美耶？」

「妳很努力呢。」

「後輩不肯誇獎我……慰勞和體恤雖然令人開心，但是來兩句像是好厲害啦了不起啦天才啦之類的讚美也行呀～你對前輩招待不周喔～」

「對前輩招待是什麼啊……」

「因為人家好累好累啊……嗯？唉呀呀呀，怎麼會這樣？這個可愛的小妹妹是誰啊～唉呀呀唉呀呀。」

她拉高音調，走向躲在我背後的小園同學。未確認生物——更正，未確認前輩不斷靠近，讓小園同學稍微縮了一下。

這也是難免。

「那、那個……呃……」

讀賣前輩在小園同學周圍打轉，嘴裡一直說著「很好」、「很可愛」之類的話。將

實習中

後輩的可愛之處大致鑑賞完畢後，她才對困惑的新人露出和善的笑容。

她拿掉將長髮束在腦後的髮夾，輕輕甩頭，一頭黑色秀髮宛如張開扇子一般落向肩頭。

成了我熟悉的讀賣前輩。

「初次見面，妳好，我是讀賣栞。」

說著，她向新人一鞠躬。等到起身時，方才的大叔氣息已經消失無蹤，一位長髮的清秀和風美女大學生出現在我們眼前。

「妳、妳好。那個……我是小園繪里奈。」

「該不會，妳是新的工讀生？」

「是的。呃，我從今天開始在這裡工作，呃……」

「放輕鬆。我們都是女生，不需要太拘謹。用不著那麼緊張。」

我覺得，如果不想讓人家緊張，就不該用那種很沒規矩的目光打量初次見面的後輩女生。

「那、那個……」

小園同學一臉困惑。

看來是希望我針對這個突然冒出來大放厥詞的神祕人物做點解說。

「這人是讀賣栞前輩。她在這裡打工，是工讀生裡的老資格。對於小園同學來說算是大前輩吧。」

「別講什麼老資格啦。」

「那要說身經百戰嗎？」

「簡單點喊『前輩』就好♡。」

讀賣前輩不太正經地在語尾加上了愛心符號。

「我、我知道了。呃，讀賣前輩！」

「我在～嗯，好可愛好可愛。」

「是、是這樣嗎？」

「首先是青澀感！然後是這個髮型！內層挑染不錯耶。很適合妳喔～」

「謝謝。」

她該不會是指頭髮內側染成亮色系吧？我忍不住把疑問說出口。

「說到這個內層挑染啊——」

聽到我的疑問，讀賣前輩為我做了簡單的解說。所謂內層挑染，似乎是種將頭髮內層染上與表面不同顏色的時髦打扮。

日本人大多黑髮，容易給人陰沉的印象。如果把內層染成明亮的顏色，就能讓表情顯得比較生動。道理似乎是這樣。

「我也有染喔～」

說著，她單手撥開頭髮。

「咦？看起來是很自然的黑髮耶。」

「畢竟後輩你啊，是服飾店櫥窗換季都不會注意到的那種人嘛。」

……綾瀨同學也這麼說過呢。

「面試之前，我試著把耳朵附近稍微染了一點茶色。」

「是……這樣嗎？」

完全沒注意到。

「這麼一來，臉的周圍會變得比較亮，容易看見表情。面試時的重點，就是讓對方看得見自己的表情喔。特地展現笑容，要是對方沒看見不是很浪費嗎？」

的確。

「不過，這也是一種打扮對吧？比較古板的公司看了不會生氣嗎？」

「或許會呢。」

「這樣行嗎？」

「我說啊，後輩。」

不知為何，讀賣前輩變得很正經。

「我知道別人會怎麼看待我的外表，也覺得這樣對自己有利才放著不管。但是要長期相處的話，我可不想讓人家認為我的外表和內在有落差喔。」

「嗯，前輩不太擅長應付那種古板的人嘛。」

對喔。讀賣前輩**只有**外表是楚楚可憐的黑色長髮和風美女。

聽到我和讀賣前輩這番對話的小園同學開口：

「這麼做，難道不怕面試落選嗎？」

「妳叫繪里奈對吧？啊，可以直接用名字稱呼妳嗎？」

小園同學點點頭。

「好的。」

「繪里奈也是先弄了這個髮型，才來這間店面試對吧？」

「我……那個……因為我覺得要是沒上，只要找別間就好。」

「一樣呀。」

「可是──前輩是求職吧？和打工好像不一樣。」

「既然要表現出誠意，那麼讓人家看見真實的樣貌不是更有誠意嗎？」

聽到這句話，小園同學陷入沉思。

她似乎很認真地在思考讀賣前輩這番話，但讀賣前輩是否也有這麼認真就不清楚了。說不定，她只是忘記要面試，不小心就染了。

「嗯～啊，不過我……直到國中時髮色都還是全黑，也沒想過在頭髮上玩花樣。但是，考上了高中，看見鏡子裡自己穿制服的模樣之後，該怎麼講……總覺得這不是自己……一有這種念頭，就忍不住了。」

她回憶似地說道。

「嗯，這種髮色很適合繪里奈喔，和開朗有朝氣的妳很相配。欸，後輩你也這麼想吧？」

「這個嘛……我覺得很合。」

「謝謝。」

看見小園同學開心地道謝，再次讓我覺得她真是個老實的好孩子。

於是我在想，人的外表，其實是種種思緒交集後的結果。

讀賣前輩和綾瀨同學，都是外表和內在有差異的人。

不過，兩人對於外表的看法幾乎完全相反。讀賣前輩就算被當成乖女孩也不介意所以沒去理會，綾瀨同學則是不想因為外表看起來乖巧而讓人輕視。

此外，也有像小園同學這樣，想要減少外表與內在的差異而改變髮色。

這世上最沒有意義的行為，恐怕就是將外表當成一種記號後套入刻板印象。

同時我也在想，像我這種不介意自己在別人眼裡是什麼模樣的，可能是少數。不過嘛，這或許也會讓我站在綾瀨同學身旁時顯得格格不入。

是不是稍微注重一下外表比較好呢？

「……啊，不好。那個……我家有門禁，必須回去了！」

「喔，門禁！真是令人懷念的詞。嗯。既然如此，那就快點走吧！」

「好的。呃，讀賣前輩，今後請多多指教！」

「請多指教嘍。回家路上要小心喔。」

「我明天不在，應該會有其他人負責教妳。」

「好的！」

6月12日（星期六）　淺村悠太

新人向我們一鞠躬，披肩雙馬尾隨著頭的動作晃啊晃。她轉過身去，快步離開辦公室。

「啊，那麼，我也要回去了。」

「收到。順便幫我問候沙季喔～」

我也離開辦公室，留下揮手道別的讀賣前輩。

騎上自行車前，我打開ＬＩＮＥ確認，看到綾瀨同學傳訊要我幫忙買菜。

她拜託我買的主要是蔬菜。

像是馬鈴薯、高麗菜之類比較重的東西。

我在買東西時，想到明天輪自己做飯的事，於是又買了幾樣清單上沒有的。

回到家，我一邊洗便當盒，一邊告訴在起居室背單字的綾瀨同學「很好吃喔」。

「是嗎？那就好。」

「明天我會做便當，如果不嫌棄的話就帶著吧。」

「……悠太哥要做便當？」

「是啊。」

「……需要我在旁邊看著嗎？」

「要是讓妳幫忙，輪班就沒意義啦。放心，我會查好食譜，照上面寫的做。」

儘管我是這麼宣稱的，但是綾瀨同學的眼神怎麼看都像在說「你做得出像樣的便當嗎」。

「真的不行我就弄飯糰。」

「啊，嗯。這倒是可以。」

她是不是覺得我做不出比飯糰像樣的便當啊？

儘管有點受到打擊，不過試著回想一下輪到自己做飯時的狀況後，發現我其實常常出錯，需要靠綾瀨同學補救。

像是煎魚時弄焦了大半條沒辦法吃，火鍋料切得太大塊結果在煮好之前只能讓肚子叫個不停，還有炒什錦弄錯蔬菜分量結果從早到晚都在吃炒什錦。

「無法讓人信任啊……」

「嗯～該不會，你做飯時都是用目測？」

「我應該都有遵照食譜才對，不管是分量還是時間。」

她用「騙人的吧？」的眼神看我。

6月12日（星期六）　淺村悠太

只不過，有個範圍時我往往覺得多放一些比較好，這點的確沒錯。

我邊聊邊洗碗，此時綾瀨同學來到廚房把我買回來的食材放進冰箱。她多半已經發現我買了幾樣她沒交代的東西，應該能想像到便當的內容吧。

「待會兒要念書吧？我來泡咖啡。」

「謝謝。要不要把妳的杯子也拿出來？」

「嗯，麻煩了。」

我們邊聊邊泡咖啡。

然後我捧著杯子回自己房間。

打工用掉的時間必須補回來才行。

雖然過了夏天恐怕就得辭掉打工或減少時間，不過目前我打算暫時繼續，盡量多存點錢。儘管高中生打工薪資應該付不起大學學費，不過考上大學之後我有可能必須一個人生活。

明天是週日，預習可以往後挪。作業已經寫完了。

我在電腦上叫出準備考試的念書時間表。為了將考試科目分開複習，我利用試算表軟體弄成一覽表。最近可以在線上存檔，也有手機Ａｐｐ，所以這張表其實用手機也能看。

不過，管理時用電腦比較輕鬆。

「今天就念物理吧……」

我做上標記以便了解進度，然後翻開一年級的教科書，從貼有標籤的部分開始重看。

按照我粗略的安排，四月到六月要複習一年級的部分。七月到九月複習二年級的部分，十月到十二月當然是複習三年級的部分。這種方法的問題，就是到了後半有可能把最早複習的部分忘掉。

關於這點，我打算藉由偶爾解一些前面範圍的模擬試題避免。如果答錯，只要重新複習一次概要的部分就好。

我翻開當時的筆記，閱讀教科書並且解例題。

「新來的工讀生？」

坐在我面前的綾瀨同學突然停下了筷子。

我點點頭，繼續說下去。

「回想一下，店長之前說過吧？讀賣前輩因為求職而減少打工時間，所以店長希望再找一個工讀生。」

現在是晚餐時間。

我們和平常一樣，一邊吃一邊聊當天發生的事。只不過，今天除了打工時間，我們兩個一直待在家裡。這也就表示，有趣的話題不多。早早就把聊天題材用光的我，順口提起了新來的工讀生。

「女孩子？」

「對。聽說是高中一年級。記得是叫小園繪里奈（KOZONO ERINA）吧。」

「KOZONO？啊，KOZO加上野原（NOHARA）？」

「KOZO寫成漢字是怎樣啊？」

「不知道耶。咦，不是嗎？」

「是『小小的』，加上『花園』喔。」

聽到我這麼說，綾瀨同學用筷子在半空中寫出漢字盯著看了一下，這才「喔」一聲表示明白。

「真要說起來，根本沒有『KOZO』這個詞吧。」

「……不，好像真的有。」

我這麼一說，綾瀨同學用筷子夾起的苦瓜鑲肉停在嘴邊。她先是迷惘了一下，接著才一口吃掉。

默默把食物吞下去之後，綾瀨同學開口。

「『KOZO』是什麼意思啊？」

「那是以前的用法，『KOZO』似乎是指『去年』。」

我用放在桌上的手機搜尋後拿給她看。

去年（KOZO）。今年的前一年。

上面是這麼顯示的。

「真的耶。咦，你特地查辭典啊？」

「當然嘍。」

閱讀小說不是經常這麼做嗎？看見陌生的詞語會在意，查著查著就連衍生出來的詞也跟著在意起來，於是踏上搜尋之旅。

「所以悠太哥的詞彙才會比我多啊。我是不是也翻翻辭典比較好？」

「現在網路辭典查起來很簡單，要問推不推薦的話，我還滿推薦的。多知道一些詞，應付現代文和古文應該都會比較有利。」

雖然以我來說比較像是純粹的興趣。

說完，我也把苦瓜鑲肉放進嘴裡。表面煎得爽脆，送進嘴裡一咬，絞肉餡的肉汁就滿溢而出。將洋蔥和肉連在一起的蛋提供甜味、苦瓜負責苦味，種種味道在嘴中形成恰到好處的平衡。

小時候很討厭苦瓜的苦，不知不覺已經能感受到它的美味了。

「不過，無論如何都找不到由『去年』和『野』組成的姓吧。」

「小小花園比較正常對吧？為什麼我沒想到呢？」

妳問我，我也答不出來呀。

「然後呢，就得教這位新人怎麼做事啦。明天，沙季排班應該和我今天是同一個時段吧？」

綾瀨同學點點頭。

「如果是這樣，說不定明天會由沙季負責帶她。」

「這……可以是可以。不過，這就表示短期內悠太哥打工時都要一直陪在那個新人旁邊了……」

她抬眼看著我。

「啊～我想應該不會到『一直』啦。」

我自己也有工作。不過，妳為什麼要這樣瞪著我啊？

「好羨慕。」

「咦？」

「抱歉。純粹是嫉妒。」

聽到這個詞，我總算明白。

在外面要近一點，在家裡要遠一點。我希望待在外面時，能夠縮短和綾瀨同學之間的距離。

儘管如此，現在就連打工時間都錯開，對話也跟著減少。在這種狀態下，打工地點卻有了個比綾瀨同學更容易說上話的小園同學——從綾瀨同學的角度來看就是這樣。

「不過，若是這樣也就沒辦法了吧。」

話是這麼說沒錯，不過看著她的臉，就能隱約看出她內心的焦躁。

工作地點多了個女性後輩——綾瀨同學如此老實地表現出對這種狀況的嫉妒，好像還是第一次。雖然就「職場的女生」這點來說，讀賣前輩也一樣，而且我曾經在晚上和讀賣前輩去看電影，會引起她的嫉妒也不足為奇，不過內心怎麼想姑且不論，至少她沒特別表現出來。

不過嘛，當時我們兩個才剛成為兄妹，也不是情侶，狀況和這次不一樣。話雖如此，卻顯得稍微敏感了點。

我一邊吃飯喝湯，一邊思考這些事——

於是，我得到了「看來是她選擇不去胡思亂想」的結論。一來直接問比較快，二來這應該也是一種磨合。

「不用太在意，我只把她當成同事，沒有什麼多餘的互動。」

「這……我知道。」

「那麼——」

在我問出「為什麼」之前，綾瀨同學就嘆了口氣說道：

「或許是受到不良影響。」

「咦……？不良影響是指什麼？」

「特輯。」

——特輯？

正當我疑惑時，綾瀨同學已經開始說起她在我打工時看到的電視內容。

窩在自己房間念書時先不管，打掃和做飯時沒聲音會顯得很冷清，所以她打開起居室的電視代替背景音樂。

「那種節目好像是叫雜聞秀（wide show）？」

「喔……下午播的那個啊。」

這裡的wide是寬廣。這個詞是和製英語，在英語圈說出來人家應該聽不懂。採用這個稱呼似乎是因為題材範圍很廣，不限類型。

「當時電視在播『不倫特輯』。」

「不倫……呃，這個嘛，既然不限類型確實可以做這個……嗎？還真廣耶。」

儘管我覺得可以不用往那個方向拓展。

「職場易成為不倫．外遇的現場。外遇對象竟有六成是職場同僚——節目給了這樣的資訊……」

他們是怎麼確定比例的啊？

「我想，大概是這些東西留在腦袋裡了。我當時在想，職場同事搞不好比較容易親近，但是我們反倒互相錯開。就連這一次也沒一起排班……結果卻有個女生要一直黏著你。」

「沒有黏著，沒有黏著。」

「我知道啦。」

「嗯，然後呢，我談到小園同學的話題時，妳腦袋裡閃過雜聞秀的特輯，擔心要是我和人家變得很親密該怎麼辦……是這樣嗎？」

「我是這麼想的。抱歉。」

「不，我覺得會介意就說出來比較好喔。不過嘛，我不會那樣看待後輩，也根本沒那種打算。」

「嗯。既然悠太哥這麼說，我就相信。」

綾瀨同學冷靜地說明自己不高興的原因。

吃完飯收拾善後時、接下來輪流洗澡時，她都沒表現出特別在意的模樣，所以我鬆了口氣，覺得這件事就到此為止了。

既然悠太哥這麼說。

既然哥哥這麼說。

這和「既然男友這麼說」有不同的意義。

哥哥和職場同僚調情，看在妹妹眼裡或許會不高興，卻不會有更重大的意義。因為一般來說，兄妹不會成為戀愛對象。但是，如果男友・悠太這麼做，對於綾瀨同學來說應該就不會只是不高興了。

雖然為了在家裡不越過兄妹這條線，她開始用「悠太哥」這個稱呼壓抑心意。在某些情況下這會束縛住她的心，然而此時的我並未發現。

話語中帶有言靈。雖然或許只是感覺。但是這種感覺會左右人的行為。

不過，此時的我只覺得彼此不會太黏也沒避開對方，有保持適當的距離。

只有兩人在家的夜晚，沒發生什麼事就過去了。

我當時是這麼想的。

6月12日（星期六）　淺村悠太

6月12日（星期六） 綾瀨沙季

六月的晴朗週六早晨——

我在自家門前送媽媽和太一繼父出門。

他們兩人要來一趟再婚一週年的紀念旅行。

站在太一繼父身旁的媽媽，在初夏陽光照耀下展現燦爛的笑容，我看了由衷地感到開心。

前一段婚姻破碎後獨自養育我的媽媽，是這世上我最希望能幸福的人，我也深信她應該得到幸福。

一年前她說想要再婚時，我也因為那是媽媽的選擇而沒有反對。

過了一年的此刻，我再次這麼想。

媽媽真的找到了一個好對象。

看見現在太一繼父的舉止就能明白。

平常總是說自己相信孩子的太一繼父，到了要和媽媽出門旅行時，是這麼擔心留下來看家的我們。說不定，在旁人眼裡會顯得有點丟臉。

太一繼父應該也不是完全不要面子，但是和我的生父相比的確是沒什麼自尊心（好的意義上）。我的生父總是在意身為男人、身為丈夫的面子，在家裡絕對不肯表現出丟臉的一面。

正因為如此，我的生父才會無法忍受媽媽在他公司經營失敗、沒了工作後出外賺錢吧。他就是這麼脆弱的人。

太一繼父不同。

他堅強到能將弱點暴露在他人面前。

這對媽媽來說或許是最重要的一點。

必須全副武裝面對周遭的社會——不用堅固的外殼裹住自己就無法安心的我，實在做不到這種事。在本質上應該和我沒太大差別的媽媽眼裡，想必很耀眼。

「好啦好啦，太一，再不出門就要塞車嘍。」

在媽媽的催促下，太一繼父總算起身。

如果只聽兩人的對話，會顯得媽媽比較可靠。

但是，媽媽偶爾會在些奇特的地方有所疏忽。即使是兩天一夜的旅行，相處起來應該還是意外地累。

繼父，加油。

送走兩人之後，我和淺村同學總算能夠回到家中。

聽到鬧鐘聲響，我抬起頭來。

看向眼前的數字，顯示為12：00。

我闔起參考書和題庫，走向廚房。

淺村同學早已出門打工，午飯只有我一個人。

一來和早餐沒隔多久，二來一直坐在椅子上念書，所以我不怎麼餓。

「吃早上的剩菜就夠了吧。」

我一邊準備午飯一邊自言自語。

我並不討厭做飯，甚至該說喜歡，但是一想到只有自己一個人吃，不知為何就會覺得很麻煩。有人吃自己做的飯，似乎容易讓人覺得這麼做值得。

吃完飯、洗完餐具後，我正打算繼續念書——卻停下了動作。

「好在意……」

我盯著起居室的地板。

這麼說來，上次打掃是什麼時候？一想到這裡，就讓我在意得不得了。

打掃沒決定由誰負責。各自的房間各自處理——這是理所當然的，問題在於家人共用的空間。只有「誰在意誰動手」這種很粗略的規則（大掃除時另當別論）。淺村同學和太一繼父似乎都不會亂放東西，難得看見有什麼掉在地上。

所以，向來都是用魔術拖把簡單把地板拖一拖了事。我想不起來上次用吸塵器是什麼時候。

「沒辦法。那就動手吧。」

我用「這是念書之餘喘口氣」說服自己，決定把廚房和起居室打掃一下。如果要認真清理再多時間也不夠用，所以我告訴自己用吸塵器吸過就好。要是做得太過頭，可能會用掉一整天。

先從簡單的收拾開始。

雖說我們家的人不會把東西丟在地上，但還是能找出不少隨手亂放的東西。

例如電視遙控器、機上盒遙控器、空調遙控器、吸頂燈遙控器。

還真多啊。

……要是這些能用一支遙控器操縱就輕鬆多了。

這麼說來，好像有可以幫忙控制所有家電的家電？能聲控的那種。

改天問問淺村同學吧。

我把遙控器收起來，全都放到桌上的遙控器收納盒裡。準備開始動手時，卻又覺得默默打掃有點寂寞。所以我決定打開電視，隨便挑個節目放著。

原本打算找部串流影片服務的電影來播，但我沒有特別想看哪部片，而且要是播出想看的可能會就這麼看下去。因此我決定電視上播什麼就讓它播下去。

把吸塵器拿來準備打開時，電視上播的節目正好映入眼裡。

好像是以主婦為主要收視族群的午間資訊型節目。

主持人講了些話之後，畫面上映出主題。

「不倫特輯」。

我不禁把注意力放到畫面上。

我從來沒仔細注意過中午的電視節目，居然還有播這種東西。

穿西裝戴領結的藝人，一本正經地開口。

妻子在家裡做家事，為丈夫犧牲奉獻。儘管如此，丈夫卻出軌了。

為什麼？

說完這段開場白，畫面上播出類似重現影片的東西。

一名疑似主婦的女性登場——旁邊標出A子、專業主婦、27歲。

畫面上映出婦人忙於做飯、洗衣、打掃的身影，結束之後她坐在餐桌旁嘆氣。儘管嘴上嘀咕著「真想再休息一下」，卻還是搖搖頭站起身。她想像中的丈夫，此刻還在職場整理資料、面對電腦。

丈夫回家後，接過外套的妻子注意到衣服上沾了口紅。

咦，口紅會沾到那裡？好歹換成「聞到香水味」之類的，不是比較有可能嗎……提出這種疑問大概很不識相吧。

看似評論員的人，說出自己的意見。主持人則向看似專家的人徵求意見。

專家表示。

不倫有六成發生在職場。

咦，職場的女性有那麼容易和男性變得親密嗎？大家不是單純做同一份工作而已嗎？

不倫特輯
FILE #002
A女
夫

剛剛下意識盯著電視看的我，和畫面上的女性一樣搖了搖頭站起身，然後打開吸塵器的開關。我仔細地讓吸頭掃過每一寸地板，雖說是最新型的無線靜音吸塵器，聲音依舊不小。

這麼一來就不會去注意電視的聲音了。畫面轉為下一段影片，這回是抱著孩子的母親——不，不看了不看了。我可不看喔。儘管腦袋這麼想，字幕卻接連映入眼裡。

正在打掃的自己，和方才那個丈夫外遇的妻子，身影在腦中重疊。

淺村同學在打工。打工也就是工作，說穿了就是像這樣做家事的時候，心愛的丈夫愈來愈容易在職場與做相同工作的女子有所接觸——最後終於……

我到底在想什麼啊？真要說起來，淺村同學又沒和我結婚，更何況那個……他在職場也沒有能親近的……

倒也不是沒有。

像是……讀賣小姐。那個漂亮到像日本娃娃的女人。而且，除了她以外還有兩個女工讀生。不過，她們都比淺村同學年長，其中一個還是研究生，應該和淺村同學相差將近十歲。不，交往和年齡無關。淺村同學個性平易近人，對誰都很親切，一視同仁。這是他的優點。

所以我到底在想什麼啊？俗話說沒有火的地方不會冒煙，但是連煙都沒看見就懷疑失火，這不就只是情緒不穩定嗎？像這樣心情七上八下坐立難安彷彿有根魚刺梗在喉嚨裡的感覺，想來也是依存心理的表徵之一。應該是這樣。所以，只要慢慢調整和他之間的距離，遲早能平復——才對。

為什麼我要放棄和他排班在同一個時段呢？不，我還記得原因。這是為了確保念書時間，也是為了能輪流做飯。話是這麼說，但我們明明已經決定在家門外要縮短距離了耶……

唉。

回過神時，我才發現吸塵器一直在同一個地方來回。

我關掉電源，把吸塵器插回底座。順便也關掉電視。念書吧。畢竟我是考生。

我回到房間，打開參考書。

打掃讓進度落後。趕快把題目解到預定的地方，然後吃些好吃的點心吧。冰箱裡應該還有布丁才對。布丁……發音和「不倫」很像……在職場的丈夫容易和距離比妻子更接近的女性湊在一起……嗎？

所以說不是這樣啦。

我戴上耳機，將熟悉的低傳真嘻哈音量調得很大，將多餘的詞語趕出腦海。

窗外，太陽已下山的天空裡，能看見略有缺損的月亮。

淺村同學結束打工回家。我在起居室翻著單字集。

我看準了他差不多要回來的時間，在他一回家就會知道的地方等待。雖然我不會說出口就是了。

我從沙發上起身時，聽到他說「很好吃喔」。

咦，晚飯現在才要做耶？我感到疑惑。看見他在流理台洗東西，我才搞懂是在說便當。

「是嗎？那就好。」

聽到他這麼說，我當然很開心。不過，那個便當也沒花什麼心思。只是把早上剩下的菜裝進去而已啊……

我剛想到這裡，就聽到淺村同學說明天由他來。淺村同學是第一次做便當吧？我原本想幫忙，但他拒絕了，說是輪到他做飯。

不過我把他買回來的食材放進冰箱時，看見幾樣沒拜託他買的東西，所以能猜到他要做些什麼就是了。

我叫住洗完餐具正準備回房間的淺村同學。

「待會兒要念書吧？我來泡咖啡。」

「謝謝。要不要把妳的杯子也拿出來？」

淺村同學從餐具櫃拿出杯子，順口問道。

我看向時鐘，離晚飯還有點時間。

「嗯，麻煩了。」

我把熱水倒進濾杯，坐下來看著咖啡滴進壺裡。屋裡冒出摩卡那帶有些許酸味的香氣。

「晚飯做好可以叫我一聲嗎？」

「知道了。」

我目送淺村同學拿著咖啡回房，然後繼續做飯。

晚餐準備好之後，我去叫淺村同學。

他盯著桌上的飯菜說看起來很好吃。

我們一邊吃一邊聊著各自今天發生的事，然後他冒出一句「這麼說來，打工的書店來了新人喔。」

「新的工讀生？」

淺村同學從容地接著講。他說店長之前提過，讀賣前輩因為求職而減少打工時間，所以希望再找一個工讀生。嗯，好像真的提過。

「對。聽說是高中一年級。記得是叫小園繪里奈（KOZONO ERINA）吧。」

KOZONO這個姓聽起來很陌生，腦袋裡不由得轉換成了奇特的漢字，在淺村同學說明之後，我才明白是小小花園——小園。

「然後呢，就得教這位新人怎麼做事啦。」

這麼說來，我剛開始打工時，也是淺村同學帶我。別看淺村同學這樣，他其實很擅長教導別人。會負責教育新人也能理解。

「明天，沙季排班應該和我今天是同一個時段吧？」

我點點頭。儘管他用「沙季」稱呼我時，我依然會稍微愣一下，但是我會盡可能別表現在臉上。

「如果是這樣，說不定明天會由沙季負責帶她。」

「這……可以是可以。不過，這就表示短期內悠太哥打工時都要一直陪在那個新人旁邊了……」

可愛的新人女生。不，他沒說可愛吧。那個小園某某，短時間內會由淺村悠太貼身指導嗎？

由悠太——哥指導。

「好羨慕。」

我不禁脫口而出。

這樣的話語和態度，淺村同學想不懂都難吧？

「咦？」

「抱歉。純粹是嫉妒。不過，若是這樣也就沒辦法了吧。」

更何況，我不是「綾瀨同學」而是「沙季」。小園同學是「小園同學」，所以沒什麼好在意的……

啊，但這種好像蒙上一層陰霾的感覺，到底是怎麼回事呢？

腦中閃過那個戴領結藝人的嚴肅表情。那人背後的大型看板，隨著咚咚的效果音放了下來。

『不倫有六成發生在職場！』

職場女性接觸丈夫的機會比做家事的妻子更多，所以容易變得親近！

不不不，慢著。

「或許是受到不良影響。」

我吐露的這句話，讓淺村同學露出訝異的表情。我把下午打掃時看到的雜聞秀內容告訴他。

聽到我說出「不倫特輯」這個詞，淺村同學露出有點僵硬的表情，搖了搖頭。

職場的異性容易親近，這點會引發不倫——我告訴他，自己看到了這種不知道有沒有根據的資訊。大概就是因為看了那個吧，一個和淺村同學相處時間可以比我更長的女生登場，讓我有所動搖。想來就是這樣。

我這番像是藉口的說詞，淺村同學默默地聽完，然後肯定我的做法，告訴我說出來比較好。然後，淺村悠太——悠太哥答應我，不會那樣看待後輩，也不會有那種打算。

「既然悠太哥這麼說，我就相信。」

老實說，我很慶幸。

因為我原本在擔心，自己的情緒會破壞彼此的關係。

6月12日（星期六）　綾瀨沙季

淺村悠太和綾瀨沙季——

既是情侶。

也是兄妹。

必須維持適當距離、必須保有適當的判斷力——我在心裡默唸。

吃完飯之後，他讓我先洗澡。

我泡在熱水裡，試圖把「在職場和男友很親近的女性後輩」這個神祕詞語趕出腦袋。不要去想不要去想。改想些別的事吧。好比說，沒錯，像是週二的班際球賽。

雖然是班長找我組隊，但我確實和去年不同，選了團體競賽項目排球。直到去年為止，我都因為這種項目不適合自己而保持距離。相對於不管打得多差都只會讓自己丟臉的網球，團體項目一旦失誤就會導致其他人困擾。我無法忍受這種事。

不過，無論我怎麼失誤，班長和佐藤同學（我還沒辦法像大家那樣喊她小涼）都沒有生氣或露出不高興的表情。

根據排球規則，為了避免球落在己方場內，要在觸球不超過三次的情況下把球送回對手陣地。三次都不失誤對於有比賽經驗的人來說或許很正常，但是對於沒經驗的人來說相當難。因此光是能順利把球送回去就讓人開心。

即使有人失誤，其他人也會支援，像這樣努力地接住球時，大家都會很高興。

對我來說，這是種新鮮的喜悅。我漸漸為團隊運動的奧妙和樂趣著迷。

我摸了摸自己泡在熱水裡的手臂和腿。或許只是錯覺，但是肌肉好像比平常來得結實。這是練習的成果嗎？還是因為意外費力的書店打工呢？

「書店……」

短時間內，我和淺村同學的排班時間不會重疊。

這段期間，淺村悠太……悠太哥會一直和那個後輩女生待在一起。

比我還要近。

身為妹妹不該在意。身為女友——感到羨慕或許是理所當然的。

那麼，在「悠太哥」與「沙季」的狀態下，我該怎麼看待呢？

6月12日（星期六）　綾瀨沙季

6月13日（星期日） 淺村悠太

週日早上，七點——

平常還待在床上的時間，我懷著不可思議的心情打量著廚房裡忙碌的自己。

我打了個呵欠，壓下腦袋裡的睡意。

至於為何明明是假日早晨我卻身在廚房，理由不只是為了做早飯，今天還要做綾瀨同學的便當。

先從味噌湯開始吧。

食譜上寫需時十分鐘，但是不能輕信。想必是「熟練的人來做只要這點時間」的意思。

「所謂的料理，就是化學嘛……」

我個人認為，它和化學實驗一樣。

仔細一想就會明白。但是，明白不見得能做得好。

好比說，食譜上寫著要把味噌放到湯杓裡略微沉進水裡，但是我不知道多深才算是「略微」。我曾經把整根湯杓放進去，結果味噌落進鍋裡。知道怎麼做和做得到是兩回事。

這一回，姑且算是克服了第一關。這時要嚐一下味道。

「嗯。和預期的一樣……再加一點吧。」

相較於我採用的食譜，濃一點更合綾瀨同學的喜好。不過，想要從一開始就靠目測決定要加多少味噌，對於我來說還是太難。於是我決定先照規定做完嚐嚐看味道，然後再加一點點味噌進去。

今天的湯料是豆腐。我從冰箱拿出豆腐，切成塊狀丟進鍋裡。

把湯加熱到不至於沸騰的程度後，我關掉ＩＨ爐的電源。

好啦，那麼做便當吧。

我打開冰箱。

拿出昨天結束打工回家時買的食材。

盒裝小香腸。

我打開手機，讓它亮出事先查好的食譜。

我用「便當」、「微波」搜尋，然後從上面的結果開始確認。我並沒有特別想用微波爐，而是因為搜尋關鍵字加入「簡單」後，列出的食譜往往是「對於料理高手來說的簡單」。

我昨天先查好的那道食譜是「骰子德式馬鈴薯」。

「先從馬鈴薯開始處理吧。」

我拿了幾顆用報紙包好放在陰暗處的馬鈴薯。

洗過削皮之後，再用水清掉表面的黏液，然後切成約一公分的骰子狀。照片上是漂亮的骰子，但是從馬鈴薯上面切下來，邊緣部分無論如何都會帶有弧度。

但是，這種小事不能放在心上。

雖說食譜寫著「一公分的骰子狀」，卻沒說非得切成邊長一公分的正方體。儘管會讓人覺得是理所當然的，但初學者往往會在這種地方煩惱。不過，大小或說體積還是別差太多比較好。畢竟熟透所需的時間會有差異。

再來把馬鈴薯放進耐熱容器，用微波爐加熱。由於這部分要用到微波爐，所以網路上將這道菜列入微波爐食譜。

然後趁著加熱時切小香腸。切成和馬鈴薯差不多的大小就好。如果沒辦法一致其實也無妨。

只要把這兩個混在一起，就成了骰子德式馬鈴薯。居然如此簡單。

就我個人的感覺來說，這樣已經能吃了，不過食譜寫著要把馬鈴薯和香腸拌勻之後再調味。原來如此。

調味似乎是用湯粉或胡椒鹽。這裡的胡椒，用黑胡椒應該也行吧？我比較喜歡黑胡椒的味道。啊，不過這是為綾瀨同學做的。為了保險起見，還是乖乖遵照食譜吧。冒險等自己吃的時候再說。

忙到這裡我才發現，此刻腦袋裡閃過的念頭是「自己吃的時候」。

——我以前一直覺得做家事很麻煩耶。

確實，倒也不是沒有「如果能把這些時間拿來念書就好了」的想法。如果沒有綾瀨同學，想必我現在還是會依靠超商便當或外送吧。

話雖如此，但我已經不再像以前那樣覺得自己動手很麻煩了。

微波爐響了。

我嚐過味道，覺得應該沒問題，於是將它裝進綾瀨同學的便當盒。

食譜真偉大。

6月13日（星期日）　淺村悠太

順帶一提，綾瀨同學用的便當盒比我的小，讓人擔心這樣夠不夠吃。我將白飯鋪了半張墊紙的量，剩下的部分放進骰子德式馬鈴薯。另外一個小保鮮盒裝沙拉。魚型調味料瓶和我昨天一樣裝了醬汁。然後，全部放進便當袋。

便當袋和便當盒，都是昨晚綾瀨同學隨著一聲「我用這個」放到桌上的。如果我能夠連事前準備也搞定就好了，不過這畢竟是第一次，東西放在哪裡我也不知道。老實說，她幫了個大忙。

便當袋和她昨天讓我帶去的是同款式不同顏色。我的是紅色，這個是粉紅色……粉紅色？

「早安，悠太哥。」

綾瀨同學隨著開門聲走進餐廳。

「早安，沙季。」

「啊，便當已經做好了？真快啊。」

「相對地，早餐這才要做。荷包蛋行嗎？」

「很夠了。」

沙拉是為了搭配便當而事先做好的，因此已經擺在餐桌上。飯也煮好了，只差盛進碗裡。味噌湯就熱一下吧。

我從冰箱拿出兩顆蛋。

荷包蛋煎好後裝盤端上桌。

這段時間裡，綾瀨同學已經盛好白飯和味噌湯，還擦完桌子了。

「總覺得讓妳做了不少事，抱歉。」

「平常悠太哥也會幫忙嘛。重要的是，我們吃飯吧？」

在她的催促下，我也坐到椅子上。說聲「我開動了」之後，我們拿起筷子。

「便當真讓人期待呢。」

「別太期待。不過，做出來的東西應該能吃就是了。」

綾瀨同學喝了一口味噌湯。

這一刻總是令我緊張。綾瀨同學做的味噌湯很好喝。每次讓做出那種好喝味噌湯的綾瀨同學喝我這個料理初學者做的湯，都令我覺得自己會遭天譴。

「嗯，很好喝喔。」

她瞇起眼睛說道。

我聽了放下心頭大石。

6月13日（星期日）　淺村悠太

不過嘛，應該也有客套成分在內就是了。

「我覺得早上應該再偏和風一點就是了，啊，再拿點海苔出來吧？」

「麻煩了。不過，我覺得荷包蛋配味噌湯已經夠日式嘍。而且——」

說著，綾瀨同學拿起醬油瓶。平常她明明都是撒胡椒鹽啊——這麼想的我安靜地旁觀。她把醬油淋在自己的荷包蛋上，然後繼續說道：

「——看，淋上醬油就是沒得挑剔的和食了吧？」

我不禁苦笑。

「按照這種邏輯，不就等於什麼料理只要淋上醬油都叫和食嗎？」

「我就是這個意思。」

「這樣行嗎？」

「我認為，一個國家的料理風格，要看發酵食品。」

「啊～」

所謂發酵食品，以日本來說就是味噌、醬油、納豆之類的。雖然吃不習慣的人會敬而遠之，但是正因為風格強烈到不熟悉就難以接受，才成了最容易引起該國人鄉愁的味道——應該是這樣吧。

雖然納豆這種東西吃不下去的就是吃不下去，即使是日本人也一樣。

甚至有人說在日本機場降落時，能夠聞到空氣裡有醬油味。

「更何況，我也喜歡洋食。不需要餐餐吃和食也沒關係。」

意思是，不需要擔心。

「話是這麼說，但今天的便當也很難說是和食……啊，對了對了，我這才想到，關於便當袋的事。」

「我準備的那個有什麼問題嗎？」

「這倒是沒問題。只不過，難得看見妳用粉紅色的東西。」

綾瀨同學點點頭，然後用一句「那是因為啊……」起頭。

綾瀨同學一邊說著話，一邊撕開包裝袋，抽出裡面的海苔。

她用筷子將海苔夾到飯上，像海苔捲那樣輕輕裹住米飯，然後送入口中咀嚼。

「不加調味料嗎？」

將食物嚥下去之後，她才一臉疑惑地說：

「咦？海苔本身就有味道了吧？」

一副「這是理所當然的吧」的口氣。這個嘛，味道是有啦。不過只有海苔味啊。

「咦～我會沾醬油耶。」

「不會覺得味道太重嗎？」

「不會覺得嘴巴很乾嗎？」

各自說完後，我才想到以前也有過一樣的對話。荷包蛋那次綾瀨同學只撒胡椒鹽而我是淋醬油。我說只撒胡椒鹽會太乾，所以不喜歡。

綾瀨同學似乎也想起了當時的對話。正好今天也吃荷包蛋。

「這樣啊，悠太哥喜歡飯濕一點。」

「我也有這種感覺。還有啊，沙季，該不會，就算海苔本身沒調味，妳也都是直接吃？」

「嗯。否則海苔的味道會不見，這樣很可惜吧？」

「我都沒注意到耶。」

自然而然重複的日常動作，意外地不太會留在記憶之中呢。如果不觀察得再仔細一點，說不定會錯過綾瀨同學的喜好。

綾瀨同學吃荷包蛋時撒胡椒鹽，海苔則是原味——記在心上吧。

「然後，回到剛才的話題。那個便當袋呢，是媽媽以前買回來的。說是兩個一組有特價。」

「喔。」

所以才會是同款啊。想必是再婚前買的吧，所以只需要紅色和粉紅色就夠了。

「我平常帶昨天那個紅色的，粉紅色備用，不過……」

這麼說來，確實綾瀨同學和紅色比較相配。

「那麼，粉紅色那個就給我用吧。」

「你覺得那個比較好？雖然和相不相配無關，但考慮到可能會被周圍的人以為那是你的喜好，我想紅色應該還好一點。你身邊沒什麼粉紅色的東西吧？」

「如果要問喜不喜歡，應該算不上喜歡吧。雖然我也不在意就是了。」

我不會用隨身物品的顏色去評估一個人。喜歡什麼顏色就用什麼顏色。

「我是不是多管閒事了？嗯，雖然不曉得會不會有下一次，但反正只是個便當袋，改天我幫你買一個吧？」

「告訴我哪裡有賣，我會自己去買啦……不，找個有空的時間，我們一起去就行了吧？」

6月13日（星期日）　淺村悠太

我這麼一說，綾瀨同學露出笑容。

不過，她很快就收起笑意，嘀咕著：「有空啊，什麼時候才會有空呢？」

「考生真難過啊。」

「雖然希望早點結束，但如果考試來得太早也會讓人頭痛。」

這點我也一樣。

雖說增加了補習的堂數，總算漸漸從早春時的成績退步恢復過來，但我依舊不覺得自己已經具備需要的學力。

時間不夠。果然該減少打工時數嗎？

「嗯？」

放在桌上的手機，畫面上閃過某個通知。脫離待機畫面後，「下午會下雨」的預報映入眼裡。

「午後會下雨打雷……」

將天氣預報告訴綾瀨同學後，她看向窗外，我也跟著轉頭看過去。

初夏的風從差不多半開的窗戶吹進來。被框住的天空一片蔚藍，萬里無雲。

「雨……看起來不像會下耶？」

「預報說會。雖然不曉得會是毛毛雨還是局部大雨。據說傍晚以後的降雨機率有百分之九十。要去打工時帶傘出門比較好。」

「機率很高耶。知道了，我會帶傘出門。」

「回家路上要小心喔。預報說『有打雷之虞』。」

「咦？啊，嗯……我知道了。」

綾瀨同學點了點頭，臉上閃過一絲不高興。但是，很快就消失了。

我沒將內心的疑惑說出口。

「等一下，綾瀨同學。」

我叫住正要出門的她。

「什麼事？」

「我也要一起出門。」

「悠……」

把門推了一半時回過頭的綾瀨同學閉上了嘴。

她將門整個推開，往公寓走道——家門外踏出一步。

6月13日（星期日）　淺村悠太

「……什麼事？淺村同學？」

「呃，不需要堅持到這種地步——」

我一說出這句話，綾瀨同學的眉毛就垂了下去。

「啊，不，我不是在責怪妳。」

在家裡喊悠太哥，在外面喊淺村同學。我知道她想要有所區分，但以有沒有跨過家門來分，不是反而會造成混亂嗎？

我跟著走出家門，把門鎖好後站到她身旁。

「因為今天會下雨，不能騎自行車嘛。所以我在想，乾脆就一起出門吧。」

我要去補習班，綾瀨同學要去打工的書店。

等待電梯時，綾瀨同學輕聲嘀咕。

「我或許太死腦筋了。」

「不用沮喪，我覺得這很常見喔。」

我這麼一說，她就用「真的？」的懷疑眼神看我。於是我舉例說明。

「在家和外出使用不同稱呼很常見。國中三年級時，有沒有練習過面試？」

「有。保險起見，我也報考了有面試的高中。」

「當時，人家是不是教我們用『家父』、『家母』或者『父親』、『母親』來稱呼自己的爸爸媽媽？」

電梯上到我們這一層，發出「叮」一聲後開門。我們走進電梯裡。

等到電梯門關上，我才繼續說下去。

「但是呢，練習到能夠反射性地說出口，應該需要一些時間。」

綾瀨同學輕聲回答「有可能」。

「不過，差不多在小學畢業時，媽媽就要我這麼做了……有時候她工作的店會打電話來。媽媽交代我，這時不能說『我把電話拿給媽媽』，要說『我將電話轉交家母』。」

「原來如此。不過，一開始應該還是會說成平常的稱呼？」

「應該有。」

「現在應該能自然而然地分開了吧？所以，我想這種事也需要習慣。」

「這樣啊。嗯，或許是。」

我們離開電梯，穿過大門。

走出公寓後，我抬頭看向天空。早上的萬里晴空已經不知去向，只見一片灰色的天空俯瞰我們。風中還能感受到雨的氣息。

「這……看來真的會下雨。」

確認天色後，我看向身旁的綾瀨同學。她手上沒傘。

「雨傘有記得帶嗎？」

「我帶了折傘。」

「啊，原來如此。」

「淺村同學呢？」

「我也在背包裡放了折傘。雖然下起傾盆大雨恐怕會靠不住，不過嘛，若是真的下那麼大，就算帶大傘照樣會弄得一身濕。」

「如果雨很大，我應該也會找個地方躲一陣子再回家。」

我們並肩而行。

「不過……感覺很新鮮呢。」

綾瀨同學「咦？」了一聲，轉頭看向我。

「雖然結束打工之後一起下班回家已經好幾次了，但是我們很少一起從家裡往車站走，對吧？」

綾瀨同學點點頭。

「最近一次大概是校外教學那時吧。」

「嗯……的確是。」

那次天色還沒亮，路上也沒什麼行人。只是因為不會被學校的人看見才敢走，基本上我們還是會避免在外面同行。

不過，為了實行「在外面要接近一點」這項原則，我打算調整先前刻意錯開的外出時間，盡量和綾瀨同學一致。

我想主動縮短和綾瀨同學之間的距離。

我們既沒有牽手，也沒有愉快地聊天。即使如此，我依舊明白。我會稍微放慢速度配合身旁綾瀨同學的步調，綾瀨同學多半也有稍微加快腳步。明白彼此都在為對方著想的此時此刻，對於現在的我們來說無比愜意。

抬頭望見的天空是灰色，故事裡提到陰天有可能在暗示對於將來的不安，不過現實的事件發生與否與天色無關。

我小聲地試著和綾瀨同學聊這個話題。

「這不是理所當然的嗎……天空不會為了我們而陰晴吧？」

「在故事裡可就不一樣嘍。逐漸變暗的天空在暗示主角的命運一路下滑，雨過天晴是象徵壞事結束。樹枝在長時間等待的女性背後搖曳，則是代表女性擔心等待的對象或許不會來。諸如此類。」

也就是所謂的「間接描寫」。

「原來是這樣啊。看電視劇時的確有這種場面。不過我當時只覺得風很強。」

「唉呀，只要觀眾看了隱隱有不安、開朗之類的感覺就行了。不過，解讀這些手法也是種樂趣喔。」

「是這樣嗎？」

「就是這樣。不過嘛，現實中就算是陰天照樣會發生好事啦。」

綾瀨同學回答「原來如此」，然後陷入沉思。

接著她又開口。

「不過，心情或許會隨著天氣改變呢。」

雖然現在沒有——她加上這句話，代表曾經真的因為天氣不好而感到沮喪。

「看到外面一片陰暗，心情也會消沉。當時我坐在自己房間的床上，抱著雙腿縮成一團。還把下巴放在膝蓋上，露出死魚般的眼神呆呆地度過一整天。」

「聽起來真的很沮喪耶……」
「啊，那是以前的事了。不要告訴媽媽，她會擔心。」
「我知道。」
我想，大概是父親離家那段時間吧。
有些擔心的我，偷偷打量綾瀨同學的模樣並問道：
「現在沒事了嗎？」
「完全沒事。就算有些沮喪，身邊也有能為我抵銷沮喪的人在。你剛剛不就說了嗎？就算是陰天照樣會發生好事。」
「這個嘛，說是說了啦。」
「我覺得我們兩個很像。雖然如此，你卻總是能提出我想不到的論點。」
「對我來說也是一樣喔。」
綾瀨同學總是真摯地面對這個世界，對於碰上世間浪濤向來選擇敷衍過去的我來說，無比耀眼。
「所以，光是像這樣走在你身旁，就讓我覺得自己是走在陽光下。」
說著，她對我露出笑容，宛如梅雨期間偶爾會出現的五月晴。接著她又突然別過頭去——

「——開玩笑的。講話居然像個詩人一樣，真不像我。」

綾瀨同學用食指在額頭上鑽了鑽，顯得很害羞。覺得她好可愛的我，直接將想到的說出口，結果又讓她害羞起來了。

我們穿過小巷，來到大路。

週日的澀谷，充滿了人和聲音。

人潮淹沒了通往車站的路，不禁令我懷疑他們是從哪裡湧出來的。

走路要不撞到人都很難。

一對勾著彼此手臂的國中生情侶，流暢地在其中穿梭。嗯，貼得那麼近，要當成同一個生物也行——不過話說回來，那樣不熱嗎？即使是陰天，六月的氣溫依舊高到將近三十度。就在我抱著這種感想旁觀時，一個沒撞上他們純粹擦身而過的上班族男性，卻刻意地在通過時「嘖」了一聲。被嚇到的國中生情侶，戰戰兢兢地往路邊躲。

「我剛剛還在羨慕他們感情好耶。」

「如果只是手臂，我隨時都可以出借喔？」

對於我的提議，綾瀨同學略加思索後搖搖頭。

「今天能一起從家裡出來就夠了。」

綾瀨同學看見在學校表現得像個陌生人的我，覺得彼此太疏遠，進而導致在家裡過剩的肢體接觸，也成了睡眠不足的原因。我們兩個在外面距離太遠，這正是難為之處。

既是情侶，也是無血緣兄妹的兩人之間，適當的距離究竟……

該不會，我在外面需要表現得更積極一點？

在外面更接近——這個「接近」是指怎樣的距離呢？要近到什麼地步，才不會讓綾瀨同學內心的不安發芽呢？

現在這樣就好——如果綾瀨同學這句是真心話就好了。

我偷偷打量她的表情。

看起來很安穩。

「怎樣？」

「沒什麼，呃，綾瀨同學。」

綾瀨同學回了句「你好奇怪」就轉頭往前看。

我只是在想，如果剛剛湊到她耳邊說「沒什麼啦，沙季」，不知她的表情會有怎樣的變化？有一點點想看。

老爸他們不在家的昨天，我原先猜測只屬於我倆的時間可能會增加，但意外地並非如此。晚飯後，我還有點期待她會不會又來找我抱抱。不過，並沒有發生這種事，我們就這樣各自回房間就寢。

環顧周圍，我發現一件事。路上行人裡有各式各樣的情侶，每一對都有屬於他們自己的距離。同齡的類似組合裡，有的貼在一起，也有的僅僅小指勾著。

每一對情侶各有不同。距離感也各式各樣。

在這之中，我和綾瀨同學則是以肩膀似貼未貼的距離走在一起。

若即若離，若離若即。在白晝的人潮裡以這種距離同行雖是第一次，卻意外地令人愜意──以我的角度來說。

「結束打工回家時，媽媽他們應該回來了吧。」

「是啊。」

儘管有些可惜，但父母不在只屬於我倆的生活也就到此為止了。不過，這兩天不是過得很安穩嗎？

全向交叉路口的燈號變了。綾瀨同學朝書店移動，我則是走向補習班。

伸了個懶腰後，我站起身來。

我對歷史不算擅長，只能勉強跟上講課進度。可能是因為努力要把每一句話都聽進去的關係吧，全身上下都很緊繃。

時間是下午兩點四十分。接下來休息十分鐘，之後還有一堂課。

我沿著走廊前往休息室。

打算買罐咖啡轉換心情。

我輕輕晃著從販賣機買的咖啡，打開位於同一樓層的第二休息室的門。這個方方正正的房間不大，裡面只擺了四張圓桌和椅子。

一個人也沒有，很難得。

我把咖啡放在手邊的桌上，做了幾下伸展運動。

「是不是該多做點運動啊……」

我一邊舒展筋骨一邊嘀咕。我本來就不喜歡往戶外跑，對運動也沒什麼興趣，只會在奧運之類的活動時觀賞。

正因為如此，先前都和班際球賽這種運動健將表現的場合保持距離。

也不知出了什麼差錯，這回我居然選了籃球。

話雖如此，卻投不進球。

唉，運動社團那些人花了好幾年才練熟這項技能，如果只需要為班際球賽練習區區數天就投得進，籃球社早就來找我加入了。

「是……這樣？」

趁著休息室沒別人在，我將手裡那顆想像出來的球投向籃框。有句出自籃球漫畫的名台詞，左手只是輔助。如果用雙手把球推送出去，似乎會因為左右力道難以平衡導致控制出問題。

同時做兩件事，要取得平衡或許真的很難。那句話的意思，大概是指這種時候專注在其中一邊會比較容易。

我一再試著投出空氣球。

儘管腦中的球順利落入網中，但實際上應該沒那麼順利吧。

「籃球嗎？」

突然有人搭話，讓我吃驚地縮了一下。

轉頭一看，休息室的門開著，一名高個子女生站在那裡。

「啊，藤波同學。」

遮住曲線的T恤配上牛仔褲，一身輕便的裝扮。如果用帽子遮住眼睛，這個身高有可能被當成男性。

「我從窗戶看見你的。」

「原來走廊上看得到啊。」

被別人看見讓我尷尬得臉頰發燙，但我也知道藤波同學不是那種會隨口開玩笑的人。

「沒想到淺村同學喜歡打籃球。」

「班際球賽要打。」

藤波同學回了句「原來如此」，一臉了然於心的表情。

「嗯，動作確實有點僵硬。」

「果然看得出來？」

「因為個子高，班際球賽之類的場合，周圍的人常要我選籃球。然後呢，其實我挺擅長運球和投籃喔。雖然是以外行人的標準來看啦。」

這回換成我點頭說「原來如此」了。

聽她這麼一說我才注意到，她的身高看起來就像會被叫去打籃球。即使籃球社主動找上她也不足為奇。不過，也因為初次見面都在打高爾夫球，這讓我有點意外。

「原來妳很會打籃球啊。」

「意外嗎？」

「嗯，意外。我還以為妳比較喜歡能按照自己步調來的單人運動。」

「我就猜你會這麼想。實際上，每次都是人家把球交到我手上，然後我一個人運球切入投籃。」

原來如此，換句話說本該是團隊運動的籃球，到頭來還是她從頭單打到尾啊。我聽了不禁苦笑。

「不過，靠這樣就能應付了對吧？」

「這樣比較能讓人家高興。」

搞不好班上同學還會對她說「不用在意我們沒關係」。

「如果周遭的人都是籃球社社員大概就不成問題，但我們的班際球賽規定參加運動社團的人不能出場那個項目。這麼一來，國中的班際球賽就都是沒經驗的人了嘛。就算發現籃框前有隊友沒被盯上把球傳過去，人家也不肯接球。」

「不肯接球？」

「她們說，『藤波同學的球好快好可怕，不要丟過來！』」

「啊～」

自己不是籃球社社員，卻有威力和籃球社社員相當的球飛過來，自然會害怕。

「所以，都是人家把球傳給我，我沒辦法把球傳給任何人。」

「於是，不得不自己往前衝。」

我彷彿看見了那個不斷接到隊友傳球，而且每次接到球都會往前衝的她。

「不過嘛，這樣對我來說也是求之不得。」

「大家都高興不是很好嗎？」

「是啊。不過，像那樣往前衝，還是會讓我覺得『這樣真的好嗎？』」

「可能也要看是為了享受團隊合作而參加團隊運動，還是為了獲勝而選擇團隊合作。」

「畢竟是學校主辦的班際球賽嘛。如果當成培養團隊精神的一環，感覺這樣做會有問題。」

「如果是這樣，就不能納入個人項目了。」

「原來如此，我倒是沒想到這點。不過嘛，學校的班際球賽也不會是勝利至上主義，對吧？」

「話是這麼說，但也不是用來幫助復健的消遣。前提好歹也是讓大家以勝利為目標競爭吧？又是大會形式。當然，如果為了勝利不擇手段恐怕就偏離了學校教育的理念。」

「這又講得太極端了。」

「既然是會選擇讓藤波同學一個人往前衝的班級，我想也有這種可能性。」

藤波同學看起來接受了我的說法。

「原來如此，這是個不錯的論點。這麼一來我也能輕鬆看待了。」

聊著聊著就到了上課時間，於是我和藤波同學的對話到此結束。但我不禁再次思考——我又不像藤波同學那樣有人來哀求，卻想要參加團體項目，心境到底有了什麼樣的變化。

我或許是希望在不至於逞強的範圍內，盡可能地培養團隊精神——換句話說，就是為了和某人在一起而做的訓練。

下課後，我走出補習班所在的建築，外面已經照預報下起雨了。

我打開折傘，撐在頭上。

「愈是不希望命中的預報，就愈不會落空啊……」

看著遮蔽天空的烏雲和落在身旁的銀色雨滴，我不禁嘀咕。

這個世界充滿了莫非定律。從餐桌上掉落的麵包，一定會是塗了奶油的那一面朝下。愈是不希望下雨，雨就愈容易下。

通往自家的路上坡多，下雨時很難走。

而且撐傘時視野不佳，密布的厚重雨雲也讓原本下午六點應該還很亮的周邊蒙上一層陰影。

蜿蜒小路彼方那間理應見慣的公寓，淋雨變色後簡直像是另一棟建築。點亮的路燈，也將行人腳下的淺綠石板路照成了翠綠色。

我打開家門，對屋裡說聲「我回來了」。

踩進去之前，我先脫下濕衣服與襪子。接著走到洗手間將髒衣服放進洗衣籃，這才換上家居服。如果淋得再濕一點就會先沖個澡，不過沒到那種地步。

綾瀨同學和父母都還沒回來。

從雨滴打在窗戶上的聲音，聽得出雨勢比方才又強了些。

「先放洗澡水吧。」

然後我開始準備晚飯。

既然沒買菜，那就只能用事先買好的食材。而且必須是我做得出來的。既然是雨天，做些溫熱的東西應該比較好吧。

「……像是咖哩？」

或許不錯。

放了辛香料的咖哩很適合食慾低落的季節，在熱飯上淋熱咖哩，應該能夠暖暖身子。光是想像，我彷彿就能聞到那股帶有刺激性的香氣。肚子叫了。

不過，綾瀨同學對於辣的接受度沒有我高。辣度可以之後再加，先配合她的喜好做得甜一點吧。

我用手機搜尋食譜。順帶一提，這回搜尋用的關鍵字是「快速咖哩」。

不用爐子似乎也能做出咖哩。只要把蔬菜和肉切過再用微波爐加熱就好。試著挑戰這道料理吧。

先把洋蔥和沙拉油拌在一起加熱，接著放入剩下的食材，再加水長時間加熱。只有這樣。

雖然只有這樣，卻不能掉以輕心。初學者之所以是初學者，就是因為製作時間絕對會比食譜上來得長。

進一步來說，食譜這種東西，對於初級料理魔導士來說，宛如用古代語寫成的魔法書。

好比說蔬菜的切法。就算你說紅蘿蔔要半月切，人家也看不懂啊。初學者只會疑惑地想「半月是什麼？」在這種初步的初步就卡住，如果綾瀨同學知道搞不好會爆笑出聲。我把蔬菜和肉都切好，接著放入水和咖哩塊，以微波爐加熱。

我們家向來會同時準備甜味和辣味的咖哩塊。這次暫且只用甜味的。由於分量完全按照食譜，這麼一來應該能做出正常的甜味咖哩才對。

加熱完畢，我嚐了一下味道。

正常地做出了正常的甜味咖哩。

食譜真偉大。這麼一來應該能完美符合綾瀨同學的喜好才對。

一想像起她的笑容，我就感覺自己臉上有了笑意。

注意到自己也露出笑容的同時，也有種不可思議的感覺。因為我發現，嚐味道的結果，做出來的料理並非自己偏好的口味。換句話說，我做出了若是為自己而做就不會感到滿足的咖哩，卻還是感到高興。

要說奇怪確實是奇怪。不過，要說是理所當然又好像也是理所當然。

既然是做人家想吃的，就該符合人家的喜好，這點非常合理。只不過，該不該毫無限度地肯定這句話，則又另當別論。因為做自己不擅長的事會帶來壓力。

雖說是為了心愛的人，但拔自己的羽毛織布會日漸消瘦。

到頭來，反而讓對方擔心，那就本末倒置了吧？

「或許能磨合本身就是種幸運……」

綾瀨同學喜歡的甜，屬於用湯匙舀一點嚐得出來的範圍。為這種事感動，或許太過多愁善感了點。

窗外已經徹底暗了下來，只剩雨聲裹住廚房。

會因為一點小事就動搖，想來也要怪這場雨吧。

我瞄了時鐘一眼。

合成語音告知洗澡水燒好。同時玄關方向響起開門聲，綾瀨同學「我回來了」的聲音傳來。

「妳回來啦。雨勢怎麼樣？」

從拖了半天還沒走進屋裡來看，能猜到她多半已經渾身濕透。

門的另一邊傳來小聲的：「淋成落湯雞了……」

「洗澡水已經燒好嘍。」

我稍微提高音量，好讓聲音傳到門後。

「……」

好像有回應，但是聽不到。

我等了一會兒，她卻沒有要來廚房的樣子，看來不是回自己房間拿要換的衣服就是去浴室了。

那就趕快準備好晚餐，讓她洗完澡就能立刻吃飯吧。

我又站回廚房準備沙拉和配菜。

洗完澡的綾瀨同學，開門走進來第一句話就是：「好香！」

「做了咖哩啊。」

「我想應該能暖暖身子。」

「嗯，太適合了。」

6月13日（星期日） 淺村悠太

我問雨勢如何，綾瀨同學咬住嘴唇看向窗外。她很不甘心地說，自己挑在雨勢最大的時候回來。

「不過，接下來說不定會下得更大。」

「話是這麼說沒錯……不曉得媽媽他們會不會有問題。」

老爸他們這趟旅行是開車出門，雨夜不適合駕駛。雖然他那麼謹慎應該會以安全為重，但多少還是會讓人擔心。

「差不多該回來——」

幾乎就在我說話的同時，綾瀨同學的手機開始震動。

「好像是媽媽打來的。」

說著，她以眼神向我確認。我示意她不用管我，於是綾瀨同學看向來訊。然後發出了幾乎聽不到的「咦」一聲。

「出了什麼事嗎？」

可以猜到不是什麼很嚴重的消息。否則我這邊應該也會接到聯絡。

「似乎碰上塞車，說是完全動不了。可能會拖很久，他們說不定得認命在外面多留一晚。」

聽到這番話，我立刻試著搜尋塞車資訊。我問過老爸他們要去哪裡，因此試著以他們可能會走的路為中心去找。

「啊……好像有交通事故。」

「明天是週一，沒問題嗎？」

「老爸說他有另外請特別休假。亞季子小姐我沒問就是了。」

「媽媽晚上才上班嘛。那麼，就算晚歸應該也沒什麼關係。」

「事先請特休，大概也是料到會發生這種事吧。」

說著我才注意到，這表示老爸他們今晚也不會在家。

不對——就算注意到，也不代表會有什麼改變。畢竟狀況就和昨晚一樣嘛。

吃完飯，討論一下順序後輪流洗澡，接著回房間念書。不需要特別黏在一起，也不需要避開對方，保持適當的距離就行了。

「說到洗澡——」

「咦？」

「為什麼要一臉感到不可思議的表情啊？」

「啊，不，抱歉。我剛剛在想別的事。」

6月13日（星期日）　淺村悠太

「所以說，我已經先洗過澡了。悠太……哥想要什麼時候洗澡都行。」

「啊，對喔。」

綾瀨同學已經先洗過了，今天我想什麼時候去洗都可以。因為已經有一段時間不是這樣了，聽到她這麼說反而讓我愣了一下。

「這麼說來，那個叫小園的女孩子，我今天和她排在同一個時段喔。」

「嗯？啊，果然由妳負責帶她。」

她突然轉變話題，我的腦袋還沒跟上，瞬間冒出「小園是誰？」的念頭，不過馬上就明白是新來的工讀生小園繪里奈同學。

不出所料，她排班的時段好像和綾瀨同學一樣。

「看來我也要負責帶新人。人家要我多教教她。」

「畢竟是第一個後輩嘛。她看起來吸收得很快，應該不會太花力氣吧？」

「這……應該吧。」

她欲言又止，給了個含糊的回答。

問起對於初次見面的人有何感想，綾瀨同學很容易這樣。綾瀨沙季討厭以樣板的價值觀分類別人，所以沒辦法三言兩語就說出對於他人的看法。

這點我明白，但總覺得不止如此。

「出了什麼問題嗎？」

「沒有什麼問題。我覺得她是個很有活力又率直的好孩子。不過……抱歉，要用言語解釋有點困難。」

「就我的印象，感覺她似乎有點像奈良坂同學。」

奈良坂真綾同學對於綾瀨同學來說，應該算得上最為親密的朋友吧。

綾瀨同學露出意外的表情，這對我來說是個意料的反應。

「真綾？我覺得……不是。恐怕完全不一樣。」

「這樣啊。」

「說不定，她們兩個正好相反。」

聽到這個回答，更加出乎我的意料。

正好相反？以我剛見到她們的印象來說，無論奈良坂同學還是小園同學，都讓人覺得友善又精力充沛。

「因為真綾不會靠過來。」

「靠過來？」

「對，就類似向日葵那樣吧。至於小園同學，那個……呃……太陽公公？」

完全搞不懂。

不過，在綾瀨同學眼裡，那兩人似乎有決定性的不同。

我們對於同一個人的印象有這麼大的差異，好像非常難得。不過說穿了，我和綾瀨同學本來就是不同的人，感覺無法共享也是理所當然的……

雨打在窗戶上的聲音愈來愈大。

「又不是颱風來，雨還真大耶。」

水從窗戶的玻璃上流過，彷彿有人拿水桶潑水一樣。

「……我吃飽了，很好吃。收拾善後吧。」

「放到流理台就好，我會處理。」

「嗯，那就拜託嘍。」

把餐具放到流理台之後，綾瀨同學就窩回自己房間。

沒錯，吃完飯之後各自回房，繼續保持適當的距離。我和綾瀨同學今天依舊做到了這點。

老爸他們還沒回來。

「我也念書吧……」

洗完碗盤之後，我回到自己房間。

應該專心念了大約一小時吧。

我抬起感到疲倦的臉，發現已經十一點。

差不多該洗澡了，於是我站起身來。我抱著要換的衣服打開房間門，發現起居室的燈亮著。這時間難得有電視的聲音，我好奇地打量，看見綾瀨同學坐在沙發上的背影。

「看新聞嗎？」

「嗯，網路新聞。好像有局部豪雨。」

我走近電視仔細一看，畫面上關東北部染成一片紅。

「老爸他們剛好撞上啊……後來有聯絡嗎？」

「說是悠哉地待在休息站。」

看來事情沒想像中嚴重。

大概是因為明天有請假吧，他們似乎不打算勉強趕回來。

風聲依舊一樣大，窗外還不時出現閃光。看樣子有打雷。

6月 13日（星期日）　淺村悠太

「唉呀，真的成了暴風雨嗎？」

「嗯……」

綾瀨同學抱膝坐在沙發上，緊盯著電視畫面。

「我想，應該用不著擔心。」

「媽媽他們？嗯，我不擔心他們。」

不過她的注意力都放在畫面上。

「要喝點東西的話，我幫妳泡。」

「喝咖啡會睡不著，而且你要洗澡吧？不用管我沒關係，我自己來。」

說著，綾瀨同學從沙發上起身。就在這時。

閃光將窗戶染成白色。

緊接著，沉重的巨響打在鼓膜上。

眼前變得一片黑暗，綾瀨同學發出慘叫。這是我第一次聽到她的叫聲。

「綾瀨同學！」

她蹲在地上，我扶著她的肩膀，問她有沒有事。

第二發閃光照進漆黑的屋裡，巨響再次傳來。室內景象浮現一瞬間後又消失在黑暗裡。我不由得也縮了一下。接連不斷的雷聲，讓綾瀨同學緊緊抓著我。

「電……」

「冷靜點。沒事，只是停電而已。」

黑暗裡，我們緊緊靠在一起。儘管不遠處又傳出轟隆隆的聲音，不過待在建築物裡應該不用擔心被閃電劈中才對。我看向窗外，每間屋子的燈光都熄滅了。大概是這一帶的電網出問題導致停電吧。

綾瀨同學把臉埋進我的胸口，所以看不見她的表情。不過，能感受到她身體的顫抖。

「燈或許暫時不會亮，隨便亂走很危險，坐著比較好。」

「唔、嗯。」

綾瀨同學抬起頭來。儘管只靠閃電的光亮難以辨識，不過從聲音裡的顫抖也聽得出她很害怕。

我牽著她的手，讓她慢慢地坐到沙發上。然後我坐在她身邊。

「妳看，窗外，一片漆黑。」

「停電……」

「不知道原因出在發電廠、變電所，還是輸電線，不過這種規模大概沒辦法立刻復原吧。」

「畢、畢竟打了好大的雷嘛。」

電視畫面也變黑了。

綾瀨同學靠在我身上，一時之間什麼話都沒說。可能因為洗過澡吧，有股香氣掠過我的鼻尖。儘管感受得到身軀的重量，卻比我想像中來得輕，令人害怕手臂用力一點就會弄壞她。

我是第一次看見綾瀨同學這麼慌亂，和打雷、停電相比，我更想知道該怎麼做才能讓她安心下來，一時卻想不到，讓我十分焦急。但我也知道，如果在這時候表現得慌慌張張會有反效果。

我盡可能讓語氣保持平穩，輕聲地對她說道。

「妳怕打雷？還是停電？」

「……都怕。」

也就是怕黑也怕打雷吧。我先前都沒注意到。

「對不起。像個小孩一樣抓著你。」

「誰都有害怕的東西呀。」

講話應該能分散注意力，於是我在被綾瀨同學抓著的情況下繼續和她聊天。

也把她摟得更緊了一點。

「我會待在妳身邊，哪裡都不去。」

所以不用害怕。

我是這個意思。

她背上的顫抖，隨著溫暖的傳遞逐漸平息。

「淺村同學也有害怕的東西嗎？」

「那當然嘍，不可能沒有。」

啊，稱呼恢復原狀了呢，但我沒有特別指出這點。

「真的？」

「像是晚上的墓地。我和大多數人一樣會怕喔。」

「你相信有幽靈？」

「不……不過，大家都認為會冒出什麼東西的地方，妳不覺得會因為大家都這麼想而真的冒出什麼來嗎？」

「這算什麼嘛？」

她噗嗤一笑，我這才鬆了口氣。

窗外。雷聲逐漸遠離。光和聲音漸漸分離，音量愈來愈小，風勢也趨緩了。

「我剛剛講的有那麼好笑嗎？」

我故意裝傻，綾瀨同學又笑了出來，她的身軀也隨著笑聲晃動。

抓住我的手鬆開了。依然把手抵在我胸口的她，稍微抬起頭來。四目相接。

「照這種說法，會有妖怪和幽靈都是活人的錯了吧？」

「我就是這個意思。」

這是什麼意思——她眼裡浮現問號，於是我給了回答。

「妳有沒有想過，其實不止墓地是墓地？」

「這話是什麼意思？」

「舉例來說，日本這塊土地啊，好幾千年前就有人類在上面行走了對吧？」

「是啊，畢竟繩文時代持續了大約一萬年嘛。」

「既然如此，不是墓地的地方，應該也有人死去之後沉眠在那裡。如果幽靈和妖怪會出現在死者沉眠的土地，那麼出現在日本的任何角落都不稀奇才對。」

綾瀨同學皺眉思索，方才臉上的懼意已經消失無蹤。

「這……話是這麼說沒錯。」

「如果這麼想，那麼我們所在的這棟建築物底下，或許也埋了某人的骨頭。」

「等、等一下，你在說什麼啊！」

「不過，我們平常不會去在意，對吧？既然如此，只害怕墓地就很奇怪了。」

「話是這麼說沒錯。但如果這麼想，淺村同學會害怕不也很奇怪嗎？」

「但是，害怕的人很多，我小時候也不想靠近。這麼多人害怕的地方，感覺就很容易發生恐怖的事。」

愈是不希望下雨，就愈容易碰到下雨。

或許我相信的幽靈名叫莫非。

「……總覺得是歪理耶。」

我講著講著就把話題扯到別處，還是被綾瀨同學發現了。不過嘛，反正說話只是為了分散注意力，邏輯無關緊要。

「我的意思是，如果覺得可怕那就害怕，不用在意那麼多。在家……在我面前，不需要勉強自己。」

「……嗯。謝謝……」

有點悶熱。因為空調停了。

我到現在才發現，沒有電視也沒有空調的家裡，居然如此安靜。

有時風雨會變強，讓窗戶的玻璃晃出聲響來。

燈還沒亮。

儘管如此，但如果覺得不方便，依舊能夠靠手機確保蠟燭程度的光亮。但是，漆黑的起居室裡，我們選擇在沙發上相互依偎。

這讓人想起大約兩個月前，我們不小心相擁著在床上睡著的那個夜晚。彼此的溫暖令人愜意，帶來的睡魔無法抵擋。

綾瀨同學不再發抖了。

「我會怕黑，大概是因為那個……」

說了「那個」後，她一時之間沒有開口。

我沒有催促，等待她說下去。一會兒後，綾瀨同學開始回憶過去。

「應該是在小學……三、四年級的冬天。」

那時候，他們一家人還會一起睡在小公寓裡。儘管父母的感情已經愈來愈差。

半夜，她突然醒來。

「被窩很冷，總是在我身旁的媽媽不見了。媽媽和爸爸都不見蹤影，只有我一個人被留在黑暗裡。」

被留在黑暗裡——她嘆息似地說出這句話。當時還小的綾瀨同學，不明白為什麼只有自己留下來。感覺就像一個人被丟進黑暗之中。

父母死了、被拋棄了，世界突然只剩下自己——這種非現實的恐懼頓時來襲。

「或許也受到那時讀過的童話影響。那似乎是個來自北方的故事……在故事裡，太陽被帶到地平線之下，被留在漫長夜晚裡的孤單女孩，處於連時間都會結冰的寒冷中，連心臟都凍結了。於是女孩失去人心，化為冬季的魔物。」

當時的綾瀨同學，似乎以為自己也會在黑暗中成為魔物。被丟進黑暗裡，連父母都見不到……

「那時我已經隱約發現，父母之間的愛情早就冷卻，無法恢復原狀。我在想，說不定是自己的錯。」

「自己的……？」

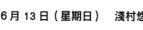

「因為生父看著我時，眼神就像他在責備媽媽時一樣。」

現在就連妳也像媽媽那樣瞧不起我嗎？

明明自己和媽媽都不曾那樣看待爸爸。

事到如今回想起來，那時父母應該是到外面去了——綾瀨同學說道。

他們夫妻在晚上吵架時，為了避免在狹窄的家裡會鬧得太凶把女兒弄醒，會到父親的車裡吵。

說要到外面的不知是父親還是母親。以性格來看應該是母親，不過會同意代表父親應該也不想讓女兒看見夫妻感情破裂吧——綾瀨同學說，她希望生父當時有這種念頭。

不過，那時才十歲的小孩，不可能明白這種事。

於是她大哭。

聽到哭聲的母親趕來安撫，但是綾瀨同學那天晚上幾乎沒辦法睡，一直抓著母親哭泣。她說，從那個晚上起，她就無法在黑暗中入睡，總會點上夜燈。

綾瀨同學將這些事娓娓道來。

「都上高中了還怕黑……很丟臉對吧？」

「沒這回事……那麼，怕打雷是因為會停電嗎？」

「這是原因之一。停電常常是因為打雷對吧？我想就是因為這樣。當然，也是那麼大的聲音很可怕。畢竟那種自然現象，以個人的力量根本無可奈何……」

「誰都有害怕的東西，只是不會特別說出來而已。」

就像我懼高，所以校外教學搭飛機時很難受。

「我倒覺得，碰上害怕的東西能老實承認害怕很了不起。」

「即使驚慌到抓著你不放？」

「如果換成我，搞不好會逞強說不可怕。即使真的很害怕也一樣。」

「我倒覺得這樣很可愛。」

就算妳說很可愛也沒用啊。

「不過嘛，幸好我不怕黑也不怕打雷。這種時候可以依靠我。」

「嗯，謝謝。」

我半開玩笑地回答「不客氣」之後，綾瀨同學輕輕一笑，又把頭埋進我胸口，悄聲說道：

「……剛剛我好開心。」

「咦？」

6月13日（星期日）　淺村悠太

「你說了吧？會待在我身邊，哪裡都不去。」

「啊～嗯。」

明明是自己說的，聽到人家重複一遍卻覺得很不好意思。

「就是這句話讓我安心的。」

「那就好。雨勢看來也變小了，等到雨停之後，電應該很快就會來吧。」

說著，我把手機從待機畫面喚醒，打開選單。以熟練到閉著眼睛來也不成問題的步驟播放聽慣的低傳真嘻哈音源。

帶有懷舊感的樂音響起，不同於流行音樂的清晰，這種帶有雜訊的聲音就像在聽老唱片。

「忘掉停電這件事吧。當成在雨聲和音樂聲中，度過一段優雅而美好的時光，這樣不是感覺很賺嗎？」

黑暗裡，綾瀨同學噗嗤一笑。

「有點做作耶。」

「有句話說，下雨天連狗都會變成詩人。」

「誰說的？」

問題來了，誰說的啊？好像在哪裡讀過。不過要回想好麻煩，我決定隨便應付一下。

「淺村悠太。」

我用一本正經的語氣回答，臉還埋在我懷裡的綾瀨同學努力壓抑住笑聲。她的肩膀在顫抖。讓人家笑到這種地步，以一個即興詩人來說應該不及格吧。而且在她笑出來那一瞬間，我就想到原句了。「談起戀愛連狗也是詩人」。差真多。這讓人更不好意思，於是我決定保持沉默，就這樣混過去。

彼此的溫暖，透過相依的身軀傳來。

我們聽著音樂和漸漸安靜下來的雨聲，沒有說話。

唯有時間流逝，彼此的體溫彷彿合而為一。

突然，綾瀨同學抬起頭。她說，欸——

此時天花板的燈亮了。

為了降低室溫，空調咳一聲後開始吹送涼風。

窗外建築的燈火也逐漸回歸。電來了。

ＬＩＮＥ的來訊通知聲響起。不是我的，是綾瀨同學的。

6月13日（星期日）　淺村悠太

「媽媽說，『雨停了所以我們回家』、『會盡快回去』。她說，可能天亮之前就會到家。」

「那就好。」

「真可惜。優雅而美好的時光結束了。」

「改天還有機會，對吧？」

「嗯。那麼，晚安。悠太……哥。」

「晚安，沙季。」

家裡只有我和綾瀨沙季的兩天，就這樣結束了。

6月13日（星期日）　綾瀨沙季

悠太哥、悠太哥、悠太哥。

默唸三次之後才開門。這是我最近的例行公事。

「早安，悠太哥。」

看吧，講得很自然。

在餐桌另一邊的廚房，能看見淺村同學的上半身。

「早安，沙季。」

——早安，沙季。

每當他不用姓而是用名字喊我時，我的心跳就會稍微上升，直到現在還是。

即使如此，我依舊漸漸習慣，近來應該已經能在不太動搖的情況下回應。

父母不在的第二天。

我擔心一旦有了家裡只剩兩人的自覺，我們就會忘記彼此的兄妹關係。

因為我和淺村同學雖然也是情侶，卻不能做出一般情侶的行為，這種心情在有了家裡只剩兩人的自覺時就容易顯露出來。但是，我們同時也是兄妹，不能表現得像一般情侶。

……雖然也要看所謂「一般情侶的行為」是指什麼。

呃，像是牽手？擁抱？接吻？還是更進一步——

——為了壓下妄想，每次一冒出這種念頭我就會唸咒似地默唸「悠太哥」。

昨天安然度過。今天也順利開局。就照這樣下去。

便當已經做好了？真快啊——看見他放在桌上的便當袋後，我這麼說道。

好啦，便當的內容是什麼呢？

他幫忙買東西回來時，裡面混了我那份食材清單上沒有的東西。一盒小香腸。粗絞有調味的那種。淺村同學似乎喜歡吃辣一點，不過那盒小香腸上面沒標示辣味，看起來也不像是為了太一繼父準備，多半是用來做便當。

淺村同學做的章魚香腸……感覺好可愛，真想吃吃看。

不不不，不能要求太多。說不定會直接放進去。畢竟是第一次做便當嘛。不過就算是這樣也無妨，畢竟我完全沒想到他會幫我做便當，好開心。

我們同桌吃早餐。白飯、味噌湯、荷包蛋。淺村同學會做的雖然不多，卻都很好吃。味噌湯的濃度對我來說也是剛剛好。

「嗯，很好喝喔。」

聽到我這麼說，他顯然鬆了口氣。明明不需要那麼緊張的，淺村同學做飯時總是很細心，沒問題啦。

我們一邊吃，一邊聊些無關緊要的話題。

淺村同學瞄向自己的手機。

「午後會下雨打雷……」

聽到淺村同學嘀咕的我，差點把整口飯嚼都不嚼就吞下去。我反射性地看向他背後那扇窗戶的外面。

看得見藍天，天氣很好。

「雨……看起來不像會下耶？」

不過按照淺村同學的說法，傍晚以後的降雨機率好像有百分之九十。

這……表示下雷雨的機率相當高。

「回家路上要小心喔。預報說『有打雷之虞』。」

6月13日（星期日）　綾瀨沙季

「咦？啊，嗯……我知道了。」

不知道有沒有表露在臉上。我不想讓他看出我的動搖。

雨還好，頂多淋濕而已。但是，我怕打雷。那麼大的聲音就在附近響起，簡直就像挨罵一樣。而且……打雷會帶來停電。

帶來黑暗。

這樣下去可能會糟蹋美味的早餐，因此我硬是轉換話題。

吃完早餐後，我要去打工，淺村同學要去補習班。

補習班比較晚開始，而且淺村同學是騎自行車，照理說會比我晚一小時出門。

不過，打開家門時，淺村同學叫住我。

「我也要一起出門。」

「悠……」

我正想問「悠太哥也要？」卻發現自己已經半個身子在家門外。

平常我會在心中默唸三次「從這裡開始是淺村同學」之後才關上家門，不過目前手還放在門把上，所以我在想該怎麼稱呼他。

總之先站到門外再回頭。

「……什麼事？淺村同學？」

聽到我這麼一喊，他就說：「不需要堅持到這種地步——」

我知道他說的沒錯。要怪我太死腦筋。

「因為今天會下雨，不能騎自行車嘛。所以我在想，乾脆就一起出門吧。」

啊，原來如此。如果是這樣我就懂了。

當然，理由不只是傍晚會下雨，對吧？

我雖然不喜歡表現得像情侶而被周圍的人指指點點，卻也討厭被淺村同學當成陌生人看待。

而我曉得，明白這點的淺村同學，在不是兄妹的外面時，言行舉止會考慮到我的心情。

今天剛好要往同一個方向走，所以只要別被人家看見從同一間公寓出來，就算遇上認識的人也可以宣稱是剛好碰到。

何況我們也曾經一起去附近的超市買東西。

我這種個性實在很麻煩。

一般情侶是怎麼讓彼此保持適當距離的呢？好想找人問問。不過，在我認識的人裡，也沒聽說有誰和男性交往。不過嘛……說穿了我連認識的人都很少。

說起同齡的女性朋友就是真綾。呃，不過她應該沒男友吧。她雖然和什麼人都很要好，卻看不出有特定對象。

還有，雖然最近我會和佐藤涼子同學、班長她們聊天，不過這種話題……

走出公寓後抬頭一看，烏雲密布。

會下雨。毫無疑問。

「結束打工回家時，媽媽他們應該回來了吧。」

他們說會在天黑之前回家。

和淺村同學的兩人時光也要結束了。至少享受一下並肩走到站前這段路吧。

我們朝車站的方向走去。

我在途中和去補習班的淺村同學分開。

互相揮了揮手之後，各自前往目的地。若是不久之前的我，分開時還會忍不住想要回頭。不過今天沒出現這種衝動，順利抵達書店。

改變稱呼或許真的有效。

我握了一下拳頭，抓住這小小的滿足。然後迅速換好制服，打開辦公室的門。

有個女生。

看得見可愛的髮旋。個子很小。沒見過。

是誰啊？這間店的人嗎？

至於為何會這麼想，則是因為她穿著和我一樣的制服——不是學校制服，而是書店提供的襯衫與圍裙。

該不會——

是工讀生。鐵定是新來的。

她將某樣東西收進圍裙口袋，抬起頭來。

果然沒見過。這麼說來，記得淺村同學昨天好像說過，店裡新來了一個叫某某同學的人。

視線相交。她對我露出笑容。

「沙季前輩！綾瀨沙季前輩對吧？今天請多多指教！」

「咦，啊，好。」

「哇～真的是美女耶～！」

說著，她湊了過來。被那雙閃閃發亮的眼睛盯著看，讓我縮了一下。

「頭髮的顏色好亮好美。大概漂髮幾次？在哪家美容院做的？好適合好可愛……前輩就像模特兒一樣漂亮耶。」

她一口氣說個不停，嚇了我一跳。

怎、怎麼了？發生什麼事？

——嗯？

怪了？我剛剛有提到自己的名字嗎？

為什麼她會知道我的名字？我明明還沒報上姓名耶。話說回來，她初次見面就直接喊我的名字對吧？

「哇～哇～哇～！真的，好漂亮！」

呃，可是，所以說，太近了太近了太近了！

「那、那個……」

看見我一臉困惑，這個女生頓時回過神來，然後慌慌張張地低下頭。

「啊，對不起！那個……我聽店長先生說『今天帶你的前輩是個漂亮的姊姊喔』。然後那個……因為真的很漂亮，所以我想和前輩親近一點……」

漂亮的姊姊……是指我嗎？

被人家這麼說雖然很開心，不過以這家店而言，應該還是讀賣　小姐比較適合「漂亮」這種形容詞吧？

更何況，眼前的女生也長得很可愛。

身高很矮。恐怕比真綾還要矮。和稚嫩五官很搭的披肩雙馬尾做了內層挑染，而且是紅色，適合襯托黑髮。再配上那對大眼睛，讓她就像娃娃一樣可愛。

儘管臉上還留了些國中生的稚氣，髮型和服裝卻都有跟上流行，知道自己適合怎樣的穿搭風格。

看來她喜歡的風格和我不一樣。這麼說來，我沒問過淺村同學她的長相。

「呃……妳就是那個……新來的工讀生？」

「是的。那個……初次見面，我是小園。小園繪里奈。」

「小園同學。」

——小園繪里奈同學。

就是淺村同學說的新人。記得她是高一。

這樣啊，所以她問了店長，說不定還問過淺村同學，才會知道我的名字。

6月13日（星期日）　綾瀨沙季

我偷偷打量小園同學。呃，這時候必須展現前輩的風範。

「初次見面，我是綾瀨沙季。請多指教。」

我向小園同學一鞠躬，她連忙低下頭。

「我才要請前輩多多指教！」

看來個性不壞——我是這麼想的。然而，同時我也在想，不曉得自己和她處不處得來。距離感實在太近。即使彼此都沒什麼惹人厭的地方，這世上依舊存在所謂的契合度，因此我有些不安。

畢竟，我恐怕還是第一次遇上這樣的人。

排班時間還沒到，我先帶著小園同學前往賣場。

因為店長把教育新人的任務交給我。

儘管我不覺得自己是個有資格教導新人的前輩，但是人家都拜託了，我也沒辦法推辭。

更何況，店長判斷我做得到，那我就相信店長吧。總而言之，我就把淺村同學和讀賣前輩教的內容依樣照搬。絕對沒有什麼負面理由，沒錯，這叫做知識與經驗的傳承。

效法優秀的榜樣是最佳選擇。而我認為這家店最好的榜樣就是深得店長信任的讀賣栞小姐，再來是淺村同學。

所以說，我們來到入口附近將書本平放的架子。

小園同學從圍裙口袋拿出筆和小筆記本。

喔，準備周到。

這麼說來，淺村同學也是，每當有什麼非記住不可的東西時，他好像都會立刻拿手機充當備忘錄。

這時我才發現，剛剛進辦公室時，她收進圍裙裡面的就是這本筆記。說不定，她是在複習昨天人家教過的東西。我詢問小園同學，她顯得很害羞。

「果然被看見了嗎？真是不好意思……」

她會不會是不希望努力被知道的那種人啊？就像優雅游泳的天鵝，其實會在水面下努力地用腳划水。人有想展現出來的自己和不想展現出來的自己，這種感覺倒也不是不能體會。

「呃，人家有告訴你書架的擺放方式嗎？昨天帶妳的人教到哪裡？」

「淺村前輩對吧！那個看起來很聰明的前輩！」

6月13日（星期日）　綾瀨沙季

「咦？啊，對對對。就是那位淺村先生。」

用來形容淺村同學的第一個詞居然是「聰明」？不是「溫柔」之類的嗎？

唉，算了，反正也沒說錯。

「呃，他有告訴我什麼類型的書放在什麼地方，以及放在那邊的理由。還有講到『動線』之類的。」

「喔，動線啊。那麼，應該有些了解了吧？接下來要講的或許有些重複，已經知道的部分當成確認就好。」

首先把整體大致講過一遍，細節之後補充。這是他的做法，也是承襲自讀賣前輩的做法。

這也就表示，我應該可以講些比較細的部分？

「一進門這個很容易注意到的平台，是新書區。有很多聽過的書對吧？」

「是的。前輩告訴我，這是客人走進書店最先看見的地方，所以要放這些能賣很多本的書。」

說著，小園同學點點頭。

「沒錯，也就是擺放暢銷書的書架。這裡其實放了兩種書。右邊是受矚目的新書，左邊則是話題作。」

我先豎起一根手指，再豎起第二根手指，比出V字。

「新書就和字面一樣，是眾所矚目的新出版作品——這裡會挑選其中評價特別好的作者的書，因為放不下所有的新書。」

小園同學振筆疾書，不斷點頭。於是我接著說下去。

「話題作則是受到業界和讀者好評的書。現在也可能是因為在社群網路爆紅。像商業書籍、自我啟發書籍這一類的會定期流行。換句話說，不見得是新書。新書是最近出版的書，話題作是最近熱門的書。」

「喔～嗯。」

小園同學一邊做筆記一邊喃喃自語。好認真。我看準她停筆的時間，指向平台一角某疊白色封面的書。看來她似乎也見過。

「啊，是每天早上都會在電車懸吊廣告上看到的那個！」

這本內容和與人相處有關的書，書腰寫著「系列累計突破一百萬本！」我也在收銀台刷過好幾次。

「像這種就是話題作。不過，不見得是新書。」

「原來是這樣啊，雖然看起來很新。」

那是當然。因為是最近才印刷的嘛。

「書的發售日期，可以看叫做『版權頁』的地方。」

我拿起那本書，翻到最後一頁。

「這就是版權頁。看這裡。『初版發行』的日期。這個就是這本書第一次出版的日期。」

「哇，十年前！咦，這家店原來是舊書店嗎！」

「不是啦。」

我不禁苦笑。

初版日期下面也印著再刷日期，這個日期就是指手上這本書的出書日。書這種東西評價良好導致缺貨時，就會請印刷廠再刷，新印刷的書哪一天出，那天就是再刷日期。

「喔～那麼，代表這本書一直很受歡迎嘍。」

「這倒是沒錯。當然，原先一直賣不出去的書，也有可能突然變成受矚目的話題作。」

「咦，為什麼會有這種事？」

「舉例來說，最近某位歷史人物的自傳再次受到重視，知道這件事嗎？我說出那個人物的名字。

「好像在哪裡聽過……」

就是那位被選為新鈔肖像的人。

「這種情況下，就算不是新書也會暢銷。因為成了熱門話題。」

「這麼說來的確是耶。原來舊東西還能這樣賣！」

聽到這天真無邪的感想，讓人有點頭痛。

確實，在新事物接連問世的現代，舊東西往往會被時間洪流沖走，然而就算是這樣，也不代表以前的東西沒有價值。

雖然也和我喜歡歷史有關，但我認為好東西就是好，即使舊了也一樣。我是這麼想的啦……像她那樣就是所謂年輕人的感性吧。

……慢著，不對不對。一來我和小園同學也只差兩歲，二來不知道小園同學以外的高一生是不是也這麼想。

思緒飄太遠了。

「換句話說，這裡放些顧客應該會感興趣的書。提供讓人走進書店的契機。」

6月13日（星期日）　綾瀨沙季

「契機……啊，因為是『動線』的入口？」

「應該……是吧。」

「和淺村前輩說的一樣！他說，只要懂得『動線』的概念，遲早會明白架上書本為什麼要那樣放～雖然有點難就是了。」

小園同學揚起筆記本，得意地說道。

她學得好快。

還有，淺村同學果然很會教。我好像什麼事都太計較細節。

不過，知道書店這種小賣店是基於怎樣的想法招攬客人，以長遠來說應該會有益處。嗯，應該不會白費力氣。應該。

話又說回來，我希望自己教的內容不會和淺村同學重複。如果不同人教同樣的東西，會浪費難得的教學時間。為了彼此也為了店裡，還是避免重複比較好。

「小園同學。」

「叫我繪里奈就好。繪里也行，繪里繪里之類的也可以！」

「呃，繪里……小園同學──」

突然就要用名字稱呼一個在我心中還算不上親近的人，對我來說門檻相當高，所以我還是照常用姓氏稱呼她了。

「——可以問一下昨天人家教了妳什麼嗎？」

「呃，我想想。」

就在我們談話時，旁邊一名男子打算繞過我們走出店門。

他一手提著店裡提供的袋子，啊，是顧客。不好，我們在入口站太久了。居然還讓顧客繞路。

我退到旁邊，向男子一鞠躬。

「謝謝惠顧。」

男子點點頭離去，小園同學跟著低下頭。

「謝謝惠顧～」

她的聲音討人喜歡。說話清楚，而且很親切。或許比我這種不帶感情的招呼更適合應對客人。而且非常自然。

我瞄了小園同學一眼。她臉上帶著笑容。至於我，雖然在心裡叮嚀自己表情要柔和，卻沒辦法露出微笑。倒也不是有什麼信念，只是不太會陪笑。我做過很多次揚起嘴角的練習，卻始終沒辦法展現自然的笑容。

能露出自然又討喜的笑容，是因為她本人的性格如此嗎？

還是說，這代表她想和人拉近距離呢？

啊——我差點叫出聲來。

這樣啊。小園同學的距離感那麼近，可能是因為她想要和周圍的人更加親近。儘管讓我吃了一驚，但她這種性格或許天生就適合接待客人。

「呃，沙季前輩？怎麼了嗎？」

不好，想太多了。

「沒什麼。所以說……對了，能不能把淺村先生教妳的部分告訴我？內容重複的話效率不佳。」

「我知道了！呃……」

小園同學翻著筆記本回答。

後面的教學很順利。

客人變少之後，我和小園同學一起午休。

正職員工好心地讓年紀相近的我們一起休息。由於沒理由拒絕，所以我們回到辦公室吃飯。

我合掌致謝後，打開便當盒。今天我也在心裡感謝幫忙做便當的淺村同學。

一拿掉蓋子，就看見白色、茶色，以及黃色。白飯、小香腸，還有骰子狀的……應該是馬鈴薯吧。

接著我拿起保鮮盒。是沙拉。這邊是綠色、白色、橘色、紅色，配得很漂亮。萵苣絲、切片的洋蔥、紅蘿蔔絲，還有迷你番茄。和我昨天做的一樣。畢竟我們共享同一份食譜，說起來也是理所當然的。沒想到會在這種時候感受到彼此真的是一家人。

我拿起和淺村同學一樣的魚型小瓶子淋到沙拉上。說是一樣，但實際上也只是用過就丟的現成品。

咬破嘴裡的小番茄之後，生菜熱身時間就結束了。到了主食登場的時候。

便當盒裡切成小塊的小香腸和馬鈴薯，親密地擠成一團。

我從邊邊一塊有點圓的馬鈴薯咬起。好吃。湯粉的味道。他是不是記得我說過有顆粒那種很方便啊？

儘管他要我別期待，卻做得很好吃。接著我咬了一口小香腸。即使冷掉也很好吃。

雖然肉類放涼之後會因為油脂凝固使得口感變差，小香腸卻奇妙地不會讓人在意這種事。

話說回來，香腸和馬鈴薯看起來都不像有烤過。果然還是用微波爐做的吧。

大概是搜尋過之後，挑了自己做得到的吧。他好努力啊。

「那個……」

有人搭話，我頓時回神。坐在對面的小園同學探出身子。

「那個便當，是親手做的嗎？」

她閃閃發亮的目光落在我的手邊。

「呃……」

這種時候，我真的無法老實告訴她「這是妳昨天見到那位淺村同學幫我做的」。何況引來她的追問也很麻煩。

那麼，說是男朋友幫我做的呢？不不不慢著。要是這麼講，會讓她知道我們住在一起。換句話說我和男友同居。不，雖然同居，但是兄妹的同居不能算數。應該不算吧？

「家人為我做的。」

雖然沒有說謊卻也不是真相。嗯，就這樣吧。

雖然我覺得這個說法不賴，但我一說出口，小園同學就像被狐狸耍了一樣——沒想到，這個譬喻居然會有如此貼切的時候——當場愣住。

「咦咦咦？」

「怎麼了？」

「唔～唔～唔～不對勁的人果然是我嗎？」

她歪著頭嘀咕。這是怎麼回事？

「我講了什麼奇怪的話嗎？」

「呃，那個啊，昨天我也是和前輩一起吃便當，那時候淺村前輩帶來的便當看起來也像是親手做的，所以我問了一樣的問題喔～然後，他回答『家人為我做的』。」

老實說，我嚇得冷汗都冒出來了。

昨天那個便當是我做的。淺村同學回答時應該也很為難吧。這也就表示，左右為難的淺村同學給出和我一樣的答案。

「呃……喔，這樣啊。」

「換成是我，一定會說是媽媽……不對！像是家母、家父，講得更具體一點。」

我想也是。我應該也會這麼說。

「啊，順帶一提，這是家母做的。」

6月13日（星期日）　綾瀨沙季

小園同學把便當傾斜讓我看。她的便當盒比我的小，裡面裝的配菜多采多姿。牙籤還是卡通圖案，很可愛。

「所以聽到淺村前輩和沙季前輩都說『家人』，讓我覺得不可思議……原來奇怪的人是我嗎……」

「啊、哈哈哈……」

這時我注意到某件事，因此偷偷瞄向自己的便當。

裝在保鮮盒裡的沙拉。大概是因為參考我做的那份，所以蔬菜的搭配也一樣。不僅如此，雖說這種保鮮盒很常見，但都是同一款。便當袋也是同款，只有顏色不一樣。

我悄悄把便當袋從桌上挪到椅子上。

「嗯，我想『家人』這種說法也很普通喔。」

「普通嗎～？啊，可是可是，這樣聽起來有點成熟，我覺得不錯耶。」

「這我恐怕就不太明白了。」

「咦～怎麼這樣～居然翻臉不認人～」

她笑著說道。那張笑臉看起來和方才對顧客展露的一樣自然。

「說到家人～沙季小姐有兄弟嗎？」

免。

「呃……」

如果要從頭開始說明，會很尷尬。

更何況，也不知道小園同學對我這種答案會有怎樣的反應。因為不知道，所以想避免。

就在我煩惱該怎麼回應時，小園同學卻看向斜上方，喃喃自語起來。

「等一下，我猜猜看喔。雖然感覺像姊姊……沙季前輩感覺很可靠又很帥氣嘛。嗯～不過，反向思考猜是妹妹……怎麼樣？上面有哥哥或姊姊！而且每天都會撒嬌喊『葛格～』！這種就叫做反差萌對吧！所以要故意反向思考！」

什麼反向思考啊？

「就算妳問怎麼樣也……」

「怪了？該不會是獨生女？」

「這……想知道？」

「不，倒也不會。」

什麼？

「因為我想了解的不是情報，而是沙季前輩。」

唔唔。

「我啊，見到長得帥氣的人或者英挺瀟灑的人，就會無條件地感到羨慕，因為自己長這樣。」

說到「這樣」時，她把手掌按在自己頭上。

大概是指「個子嬌小」的意思吧。

「我倒覺得很可愛。」

「哇～！謝謝！不過，我還是比較希望帥氣一點、英挺一點呀～」

小園同學笑著說完，回頭吃起便當。看樣子她已經滿足了。

我則是內心冷汗直冒。

這……她到底是個怎樣的人啊？

一開始還覺得有點像真綾，因為距離很近又好相處。不過，她們不同。

別看真綾那樣，其實她距離感拿捏得很好。

她確實很容易親近，不過只要稍微聊上幾句，就能精準掌握住和他人的距離。舉例來說，就像去年班際球賽那時。

見到我蹺掉練習，真綾沒有多說什麼。她雖然愛管閒事，卻能認清對象。對方究竟是想要有人來邀請，還是希望放著別管，真綾在這方面看得很準。

相對地，小園同學則會迅速縮短彼此的距離。

她會一副「如果不和我交朋友我就去死喔」的模樣逼近。感覺根本不在乎對方怎麼想。

應該沒有惡意。

這點我明白。因為我還記得，媽媽離婚後人家對於我們母女的惡意有多麼煩。我覺得兩者有所不同。

她多半是想要交朋友才會把話題扯遠吧，而我卻強行讓話題打住了。我覺得很抱歉，但是——

「那個……是不是給前輩添麻煩了？」

我吃了一驚，抬起頭來。

咬著卡通圖案牙籤的小園同學一臉歉意。

「前輩家人的事。我是不是不該問？」

她意外地敏銳呢。

「倒也不是這樣……嗯，不過我不太習慣聊這種話題。唉呀，反正我的事聽了應該也不會覺得有趣嘛。」

「嗯……好的。我知道了。那就不問啦！」

「嗯，抱歉。」

「哪裡哪裡～」

接下來，我們兩個一語不發地吃完便當，各自看著手機到午休結束。雖然沒有聊起來，我卻有點慶幸彼此的距離沒有拉近。

我關掉英語聽力訓練影片，整理一下儀容，然後向小園同學搭話。

「差不多該回去工作嘍。」

「我知道了，**綾瀨小姐**。」

儘管稱呼令人覺得不太對勁，但是我還來不及思考問題出在哪裡，就得開始忙下午的工作了。

我打了下班卡，結束今天的打工。

來到店裡的客人都帶著雨傘，顯然是下雨了。何況把雨傘套放在店門口的人就是我。

6月13日（星期日）　綾瀨沙季

一走出建築物，強風豪雨就從側面來襲。

我連忙撐傘──這樣下去風可能會把傘吹走，讓我十分慌張。情況不妙。於是我暫時躲進建築物裡。

我仰望天空，思考該怎麼辦。

帶在身上的是小型折傘，我實在不認為它頂得住這種程度的風雨。

降雨機率百分之九十，有打雷之虞，我太小看預報了。對不起。路上往來交錯的行人，也都緊緊抓著傘柄免得傘被風吹走。

即使如此，偶爾還是會有人的傘被強風吹翻。

「這……不管怎樣都會淋濕吧……」

就算帶大傘出門，想必也是一樣。不僅如此，體重輕的我說不定會被傘拖著走──往好的方向去思考吧。

雨看來不會停。

我緊緊抓住掛在肩上的運動包，握好傘柄，下定決心走向雨中的街道。在彷彿連身體都會被吹走的風雨中，我勉強開始前進。

雨打在傘上的聲音很吵，即使走到了向來吵鬧的澀谷大街，也聽不見半點流行音樂。

雨勢封住了街上的嘈雜。

雲層上方隱隱傳來雷聲。儘管還沒聽到雷霆巨響，卻還是讓人有點不安，因此我自然而然地加快腳步。

熟悉的公寓出現在眼前。

啊，再過不久就到家了。來到公寓入口處往外延伸的遮雨棚底下，收起雨傘，我這才鬆了口氣。

「呼……」

能夠靠著雨傘多少遮擋一些的部位，只有頭和上半身。雨水還滲進鞋裡，每走一步都會發出怪聲，讓人感到很不舒服。

我捲起折傘，搭上電梯。

總算到家的我打開家門，輕輕說了聲「我回來了」。

我將包包放在走廊上，脫掉鞋襪打赤腳。我想盡快把衣服換掉。

注意到門的另一邊有人，我嚇了一跳。此時我渾身濕透、衣服貼在身上，倉促間只想著不能讓淺村同學看見這副丟臉模樣。就在我不知所措時，淺村同學卻隔著門問我雨勢如何，還說洗澡水燒好了。

而在說完之後，他就轉身走開。

「謝謝。」

勉強擠出的聲音很小，不曉得有沒有傳到門的另一邊。

我小心翼翼地避免頭髮上的水滴到走廊上，不過轉念一想，之後一樣要把腳印擦掉嘛。為了讓鞋子乾得快一點，還得把報紙或乾布塞進去才行。

一想到要善後就覺得好麻煩。

不過，洗澡水已經燒好了！和媽媽相依為命那段時間，放學回家時媽媽已經出門工作，所以根本不會有這種事。

這正是我此刻想要的，有人先一步幫忙準備，讓我好開心。

我走向浴室，感覺原先沮喪的心情都好了起來。

「呼……」

我喘了口氣。

冰冷的身體在熱水裡得以放鬆，自皮膚滲進來的熱，從內部溫暖我的身軀。

我閉上眼睛發呆，發現連浴室都聽得到些許雨聲。

看來雨變大了。還打雷。拜託，別在我洗澡時停電。

儘管有了喘口氣的機會，但我擔心會打雷，所以洗身體和泡澡的時間都比平常來得短。

走出浴室，發現晚餐已經準備好了。光是打開通往餐廳的門，就能聞到香味。

淺村同學想說能暖暖身子而做了咖哩，他的體貼令人開心。

我無意間看向窗外。咦？雨勢比剛剛小了一點。該不會，我剛好在雨最大的時候回家吧？總覺得很不甘心。

窗外已經變暗，實際的天氣到底如何我也不太清楚。

媽媽他們會不會有問題啊？

才剛說出口，我的手機就收到訊息。只看LINE跳出來的通知就曉得是媽媽傳的，她說碰上塞車，車子動彈不得。

淺村同學也用手機搜尋，好像是暴風雨加上交通事故。

不過，媽媽說要到明天才能回來——

明天就是星期一，沒問題嗎？雖然媽媽晚上才上班，應該沒問題就是了。我正擔心時，淺村同學告訴我，太一繼父為了保險起見週一請了特休。那麼，他們應該不用急著趕回來吧。

慢著。這也就是說，今晚家裡還是只有我和淺村同學兩個人？

不過嘛，就算是這樣也不代表會有什麼改變啦。

沒錯，就只是正常地洗澡、念書、睡覺。啊，這麼說來我已經洗過澡了。

所以和淺村同學互相退讓的儀式今晚就用不著了。這麼告訴淺村同學後，他好像愣住了。

「所以說，我已經先洗過澡了。」

淺村同學——

不對。

「悠太……哥想要什麼時候洗澡都行。」

好險。這麼說來，淋得一身濕回家的我，進家門前完全忘了平常的例行公事。呃，所以說眼前這個人是悠太哥、悠太哥、悠太哥。

——而且每天都會撒嬌喊「葛格～」！

為什麼會在這種時候胡思亂想啊！我可不會說喔。為什麼非撒嬌不可啊？完全搞不懂對吧？

「這麼說來，那個叫小園的女孩子，我今天和她排在同一個時段喔。」

「嗯？啊，果然由妳負責帶她。」

淺村同學一臉困惑的表情，大概是覺得我突然轉變話題吧（雖然在我腦袋裡是連貫的），不過看來他很快就聽懂我是在說新來的工讀生。

我把自己也要負責教育小園同學這件事說出來。

結果，淺村同學給了「她吸收得很快」這種正面的回應。

「這……應該吧。」

我欲言又止。

大概是因為我答得含糊，淺村同學擔心地問我是不是出了問題。

「沒有什麼問題。我覺得她是個很有活力又率直的好孩子。不過……抱歉，要用言語解釋有點困難。」

淺村同學聽完之後說，「就我的印象，感覺她似乎有點像奈良坂同學。」

他應該是認為我和她能處得很好吧。

我一開始也覺得很像。不過——

6月13日（星期日）　綾瀨沙季

真綾是向日葵。會隨著太陽的動向擺頭。呃，並不是「我就是太陽」這種聽了就難為情的意思，而是指她的應對會配合對方。所以才能交到那麼多類型截然不同的朋友。

雖然這種話由我來說很怪，不過她有我這種不擅交流的麻煩朋友，也有陽光外向的朋友。有正經的朋友也有不正經的朋友。

真綾能夠配合不同的人做出不同的應對。

至於小園同學——

就像淺村同學說的，小園同學是個很優秀的新人。有禮貌、學得快。這些都是優點。以工讀生來說，她毫無疑問是即戰力。

不過，她的主軸多半不會放在別人身上。

我想起在辦公室吃便當那時的事。沒錯，當時我催促「差不多該回去工作嘍」，小園同學是這麼說的——「我知道了，綾瀨小姐」。

在那之前都是「沙季前輩」。不會錯。

為什麼改了稱呼呢？搞不懂，感覺有點悶。

不知不覺間，風雨變大了。

吃完飯後，我窩回自己房間念書，準備考試。

儘管有戴上耳機隔絕雜音，手機螢幕的亮光卻讓我分了心。ＬＩＮＥ的通知。點開一看，我和真綾、佐藤同學的三人ＬＩＮＥ群組有了新訊息。

那是在校外教學同房時，建來聯絡用的群組。扣掉淺村家的家庭群組後，這是我唯一加入的ＬＩＮＥ群組。絕大多數情況下直接聯絡當事人就行，所以我不太明白建立群組有什麼必要。

不過嘛，也因為這樣，這個群組很少有新訊息。

【亮了！亮了耶！果然很近！】

是真綾。

【去睡覺。】

我只回了這幾個字。真是的，為什麼要為了這種事用ＬＩＮＥ啊？就在我這麼想的時候，訊息已經標上已讀，而且有了回應。

【好可怕。綾瀨同學不怕對吧？真厲害。】

是小涼，佐藤涼子同學。

「啊～」

6月13日（星期日）　綾瀨沙季

我這才明白真綾的意圖。原來如此，這才是真正的目標啊。

真綾大概是知道佐藤同學膽子小，所以用自己的方式關心人家吧。說不定她會害怕——真綾一定是這麼想的。如果直接傳訊息過去，又會讓佐藤同學覺得自己害人家費心，所以才發到群組裡。即使一個人會怕，知道有相同境遇的同伴還是能舒緩心中的不安。

嗯，一般來說可以。

【妳們那邊沒事吧？】

【我待在房間裡，把耳機音量開得很大很大！隔絕光和聲音！】

【果然是這樣啊……我要不要也放點音樂啊？】

【就這麼辦吧～不錯喔～這樣就不會害怕嘍～】

【好。】

訊息到此暫時停止。

【真的有用。謝謝。】

佐藤同學的訊息附了一個微笑貓咪的貼圖，我看了也不禁露出笑容。真綾真的很體貼。

「不怕……怎麼可能嘛～」

沒錯，我怕打雷，還有隨之而來的停電。即使敏銳如真綾，好像也沒發現其實我一樣會怕。

我離開房間，來到起居室。打開電視，轉到提供氣象資訊的頻道。

畫面上是一位播報氣象新聞的女主播，角落有字幕，主播背後的地圖上散布著許多閃電標記。

「看新聞嗎？」

聽到聲音嚇了我一跳。是淺村同學。

我一直盯著電視，連他走進起居室都沒注意到。

現在畫面上是雨量推移圖。

「我想，應該用不著擔心。」

稍微聊了幾句後，淺村同學說道。

「媽媽他們？嗯，我不擔心他們。」

她不怕打雷閃電，而且旁邊有太一繼父陪伴，比待在我身邊更能讓人放心。

我偷偷瞄了背後的淺村同學一眼。

看來他正要洗澡。大概是發現起居室的燈亮著，所以來看看怎麼回事吧。

我不想拖延他洗澡的時間，繼續看新聞擔心些有的沒的也不會讓雨雲消失。

「要喝點東西的話，我幫妳泡。」

「喝咖啡會睡不著，而且你要洗澡吧？不用管我沒關係，我自己來。」

幾乎就在我說到「來」的同時，我站起身的那一刻。

閃光。令人顫抖的巨響。我不禁慘叫。

光亮消失。

掉進黑暗之中的我，瞬間陷入恐慌。我摀住耳朵，蹲了下來。與其睜開眼睛也看不見，還不如自己閉上眼睛不看。這麼一來看不見就是因為自己。

「綾瀨同學！」

宛如就在耳邊的呼喊，勉強傳進了我的耳裡。

有人溫柔地扶著我的肩膀，於是我抬起頭睜開眼睛。就在這一瞬間，第二次閃光烙印在我的眼中。我不由得緊緊抓住眼前的淺村同學。

不要！我受夠了！

我緊閉眼睛，絕對不睜開，並且牢牢抓住手裡的衣服。

轟隆轟隆的雷聲，讓我的心臟繃得好緊。突然變得一片黑暗也好恐怖。雖然淺村同學說只是停電，但恐懼不可能就此消失。

他說亂走很危險，坐著比較好，於是我在他的牽引下乖乖坐到沙發上。

淺村同學也坐到我身旁。

「妳看，窗外。一片漆黑。」

聽到這句話，我戰戰兢兢地睜開眼睛。

閃電在方形窗戶的彼端流竄，帶來的光亮勉強能讓人看出窗框的形狀。

建築的燈光全都消失無蹤，看來真的出現大規模停電。

我依然抓著他不放。貼著胸口的手，把他的上衣都弄皺了。我實在無法鬆手。總覺得如果不找個東西抓住，就會被留在黑暗裡。

淺村同學摟住我，輕撫我的背。

這樣簡直就像在安撫小孩子，我本來該感到害羞的，但是背上那隻手掌的溫暖讓人好安心，幾乎要被不安壓垮的情緒慢慢穩定下來，我實在無法抗拒。

「妳怕打雷？還是停電？」

「……都怕。」

依偎在淺村同學懷裡的我悄聲說道。

對不起。像個小孩一樣抓著你。

聽了我的道歉，淺村同學柔聲告訴我，誰都有害怕的東西。摟住我的手臂力道稍微強了一點，這種愜意的感覺令我鬆了口氣。

「我會待在妳身邊，哪裡都不去。」

聽到耳邊緩慢卻清晰的話語，像哭泣孩童一樣頑固的情緒逐漸平復下來。

「淺村同學也有害怕的東西嗎？」

突然掉進黑暗之中，為什麼淺村同學還能這麼冷靜呢？難道他什麼都不怕嗎？這麼想的我開口詢問，卻意外地聽到他說，自己和大多數人一樣會害怕。

但淺村同學又說，黑暗和幽靈之類的東西沒什麼好怕的，讓我懷疑他的感性是不是和一般人不太一樣。可能是為了安撫我吧，淺村同學搬出一套莫名其妙的歪理陪我聊天。

逐漸冷靜下來之後，我才注意到。

我陷入恐慌時，淺村同學喊的是「綾瀨同學」。他慌到把「在家裡要喊名字」的約定完全忘了。不過，或許該慶幸。可能就是因為用了熟悉的稱呼，才能讓我聽進去。

空調也停了，只聽得到雨聲和風聲。儘管雷聲逐漸遠去，電卻還沒來。

為了把注意力從風雨上移開，我說起小時候的回憶。

說出自己討厭黑暗的原因。

總覺得怕黑就像小孩子一樣，很丟臉。

真要說起來，我也不太會告訴別人自己害怕什麼、拿什麼沒輒。

但是不曉得為什麼，我希望淺村同學知道。

因為是淺村同學，所以希望他知道。

我吞吞吐吐地解釋，淺村同學聽完後輕聲說。

碰上害怕的東西能老實承認害怕很了不起。

是這樣嗎？

「即使驚慌到抓著你不放？」

聽到我自嘲似地這麼說，淺村同學回答，換成他搞不好會逞強說不可怕。

小時候的淺村同學，嘴硬地說「一點也不可怕」——這樣的畫面在腦中浮現，我不禁脫口說出「我倒覺得這樣很可愛」。

雖然被說可愛讓淺村同學有點尷尬就是了。

6 月 13 日（星期日）　綾瀨沙季

「不過嘛，幸好我不怕黑也不怕打雷。這種時候可以依靠我。」

嗯，謝謝。

剛剛我好開心。

「你說了吧？會待在我身邊，哪裡都不去。」

我這麼一說，他半開玩笑地回「那就好」。害羞了。

淺村同學從口袋掏出手機，放到沙發前的桌子上。他熟練地操作一會兒，手機便播起低傳真嘻哈。

帶有雜訊的樂音在耳中迴盪。

把雨聲和風聲從腦袋裡趕出去。

【我要不要也放點音樂啊？】

【就這麼辦吧～不錯喔～這樣就不會害怕嘍～】

我想起剛剛佐藤同學和真綾的對話。

嗯，真的耶。佐藤同學、真綾，我現在不害怕了。

「忘掉停電這件事吧。當成在雨聲和音樂聲中，度過一段優雅而美好的時光，這樣不是感覺很賺嗎？」

聽到淺村同學有點做作的語氣，我的嘴角自然而然有了笑意。

詩人——淺村悠太的名言讓我笑了出來，我把臉埋進他懷裡，拚命地忍住笑聲。不行，太好笑了。

他懷抱的溫暖令人陶醉。

耳邊只聽得到模糊的音樂。

要是就這樣閉上眼睛，感覺能忘記此處是公寓裡的自家，而且現在正因為暴風雨停電。

闔上的雙眼彷彿能望見彼方的庭園裡，繡球花在雨中盛開。

淺村同學心臟的節奏，和我的心跳逐漸重合。

我放開淺村同學的衣服，把手疊上他放在沙發上的手。我在十指交纏的同時抬起頭來，以聽不到的音量低語。

「欸……」

天花板的燈突然亮了。

空調的運轉聲響起，定睛一看，窗外建築的燈火也先後點亮。

電來了。宛如夢醒。

6月13日（星期日）　綾瀨沙季

ＬＩＮＥ接到媽媽的訊息。

她說雨停了所以會盡快趕回來。

雖然不曉得盡快是多快，但可能已經離家不遠，說不定很快就會到家。

「真可惜。優雅而美好的時光結束了。」

黑暗帶來的恐懼並未消失。如果只有我一個人，恐怕既不會優雅也不會美好。但是，淺村同學願意一直陪在我身邊，他的心意讓我開心到不得不這麼說。

「改天還有機會，對吧？」

淺村同學說道。

改天。就像這樣，只有我們兩個。

也對。雖然我討厭打雷，也討厭黑暗。真希望至少有萬聖夜那時的光亮。

不過——改天。能把「欸」後面那些話說出來的那一天。

「嗯。那麼，晚安。」

雖然現在還說不出口。

「悠太……哥。」

對於這句確認似的話語，淺村同學也給了回應。

「晚安，沙季。」

沒錯，等到我已經習慣他喊我「沙季」的時候。當他用「綾瀨同學」喊我反而會覺得不對勁的時候，再繼續。

家裡只有我和淺村悠太的兩天，就這樣結束了。

6月13日（星期日）　綾瀨沙季

6月14日（星期一）　淺村悠太

陽光照進起居室。

雨停後的早晨十分明亮。露面沒多久的太陽，將光亮送來透光窗簾的另一邊。

還是說，純粹因為我心情愉快才會有這種感覺？

既然心情會受天氣影響，那麼反過來也一樣。眼裡的世界會隨心態有所不同。

唉，雖說只在腦裡想，不過化為言語後也未免太像吟詩了，感覺很不好意思。

儘管如此，多虧昨晚那段相互依偎的時間，我對於綾瀨沙季這個人有了更深入的了解。

同桌吃早飯時，每次視線相交，她那柔和的表情就會一點一點地溫暖我的心。

吃完飯後，我整理儀容準備出門，老爸和亞季子小姐從寢室走了出來。

他們似乎是今天清晨到家的，當時我們還在睡覺。

「早安。還有，我們回來了。沒出什麼事吧？」

「歡迎回家。和往常一樣。」

如果回答「什麼事都沒有」，恐怕算不上誠實。

「大概就碰上停電吧。」

「咦，真的嗎？沒事吧？」

「嗯，時間很短。沒發生什麼狀況，而且電很快就來了。」

聽到綾瀨同學這番話，老爸身旁的亞季子小姐微微一笑。

「看吧，太一。所以我不是說了嗎？」

老爸面露苦笑，以手指推了一下鏡框。

「亞季子，妳要知道，不管怎麼樣，會擔心就是會擔心。理性沒辦法阻止的。當然，我也覺得不會出問題就是了。」

看見老爸一臉得意，逼得我必須努力忍笑。

「是是是。」

亞季子小姐隨口敷衍裝模作樣的老爸。

綾瀨同學噗嗤一笑，我也忍不住跟著笑了出來。

「好啦好啦。你們兩個，再不出門要遲到嘍。」

6月14日（星期一）　淺村悠太

在亞季子小姐的催促下，我們向兩人道別，隨即衝出家門。

我們沿著雨後的街道往學校走去。

天空藍得彷彿昨晚沒下過雷雨。就連地面的水灘也映出了晴空的色彩，顯得無比耀眼。

綾瀨同學就在我旁邊，刻下同樣的步伐。

真是有趣。

我的速度比原來慢。換句話說，單位時間的移動效率降低了。若以效率優先，反正雨已經停了，應該騎自行車才對。但是，我對於現在的步伐很滿足。

這也是心境造成的差異。

不是單純通學，更是為了珍惜與對方相處的時間。希望在外面的距離能夠更近——為了做到這點，我從昨天開始不再錯開時間出門。

何況現在是梅雨季。因此我決定暫時封印自行車通學。

我們在路口的紅燈前停下。

這麼說來，好像就是這裡——一年前的記憶復甦。

綾瀨同學沒注意到大型車輛無視交通號誌，我在千鈞一髮之際抓住了她。一想到當時沒反應過來會怎麼樣，背後就有股寒意。

綾瀨同學點點頭，似乎明白我的擔心。

「嗯，我會注意。」

燈號轉綠。我們先確認左右來車，接著平安無事地穿越路口。

我鬆了口氣，仰望天空。

萬里無雲的好天氣。

「看這個天氣，明天的比賽應該沒問題。氣象預報也說明天會是大晴天。」

身旁的綾瀨同學聽了也點點頭。

雖然操場應該還沒乾，要在外面比賽的人恐怕沒辦法練習。

我們這些在體育館比賽的，只能將他們的遺憾一併扛起，做好最後的調整。

通過校門，在鞋櫃換鞋，穿越走廊，走樓梯到三樓。

這段時間，我和綾瀨同學一直待在一起。

抵達校舍頂樓之後，我們依然並肩走向教室。同班同學到了這裡才拉開距離，反而顯得不自然。我和綾瀨同學一直維持在不會太近也不會太遠的距離。沒有牽手，只是普通地並肩而行。

我們打開前門，走進教室。

互看一眼並點點頭，隨即走向各自的座位。

放下書包坐到椅子上之後，不知為何吉田小心翼翼地靠過來。他側坐到我前面的位置，把臉湊過來悄聲說：

「唉呀呀呀，真有兩下子啊，淺村先生。」

平常都直接叫我「淺村」的人，突然改口叫我「淺村先生」，令人毛骨悚然。

「呃……怎麼啦？講話沒頭沒腦的。」

吉田瞇起眼睛。

「唉呀，如果我沒看錯，淺村，你好像是和綾瀨一起來的？」

果然被問到了。

就是因為會這樣，我們先前才沒有一起上學。

高中男女以還算近的距離一同走進校門，似乎會讓人有某種期待。

「大家都是同班同學，說幾句話很正常吧。」

「重點是什麼時候。淺村你和綾瀨有接點嗎？」

嗯，這就是問題了。

升上高三已經兩個月，突然和先前連視線都沒交集的人親密地一起上學，自然會引來疑惑。人際關係改變需要事件。以小說而言，登場人物之間的關係不可能在毫無描寫的情況下有所變化。

不過，現實用不著電視劇那種戲劇性的事件。沒錯，好比說——

「今天只是偶然地一邊聊天一邊走進學校而已呀？」

我沒說謊。

只是省略了「從同一個家走出來」這部分。

「偶然是吧。淺村，原來你能和初次見面的人聊得那麼開心？」

「也不算初次見面吧。去年，我和綾瀨同學他們班上的人一起出去玩過。」

嗯，這也是真的。

「玩，去哪裡？難道是傳說中的——男女一起唱卡拉ＯＫ？媽媽我不准！」

我可不記得自己是吉田生的。

「夏天去市民泳池。」

「那不是夢幻國度嗎？混帳。」

「我想那只是公共設施而已。」

「原來如此。於是，你們就混熟了？」

「大概就你看到的那樣。」

至於有多熟則故意含糊帶過。

吉田把臉湊到我耳邊。

「我支持你喔，淺村。」

「支持什麼啊？」

「所以說，什麼時候要告白？」

「還告白咧……」

為什麼一講到男女關係就要扯到戀愛啊……不，實際上的確是戀愛關係。已經告白過了。

「吉田你和牧原同學也很要好，而且有關係不錯的異性朋友很正常吧。」

「就是因為這樣，我才會覺得你喜歡她啊。」

「咦……我還在想你們怎會那麼要好，原來吉田你喜歡牧原同學啊？」

「啊！淺、淺村你這傢伙！聲音太大啦！」

吉田東張西望，但我並沒有大聲嚷嚷。

我很有常識地小聲詢問。

己所不欲勿施於人。人際關係要維持對稱性才算得上公正吧。

這時預備鐘響起。

吉田離開前在我耳邊悄聲說道。

「晚點有事找你商量。」

說完，他就回自己座位了。

要商量什麼啊？我一直覺得以我的個性不會有人來找我商量什麼事，而且就剛剛的對話看來，恐怕是我最不擅長應付的戀愛諮詢……

難以理解。至於吉田找我商量些什麼，要到下午體育課才知道。

6月14日（星期一）　淺村悠太

隊友投出的球在籃框上轉了一圈後掉出來。

體育課。這是一場分成兩隊的小型比賽，班際球賽前的最後一次練習。

待在籃框下的我，接住了掉下來的球。敵人緊緊貼在背後，我沒辦法簡單地面對籃框。好啦，該就這樣強行轉身投籃，還是——

「淺村！」

隊友呼喚我。退到三分線外的同班同學對我招手。是吉田。

我的腳在地板上踏出聲響，傳出的球飛向吉田胸口。

接著，他投出的球劃出和緩的弧線，落進籃框。

敵我雙方都「喔！」地讚嘆出聲。

「傳得好，淺村！」

吉田向我道謝，我回了句「投得好」。

明明不是自己進球，卻很開心。

原來如此，這就是團隊運動嗎。

以手背擦掉額前汗水後，我輕輕喘了口氣。

我想起去補習班那天和藤波同學的對話。我只是專心地支援隊友。即使如此，表現好的時候依然會感到充實。雖然不輕鬆，但我很慶幸自己有挑戰。

哨音響起，到了休息時間。

我靠著體育館的牆調勻呼吸，此時有人喊「淺村」。於是我抬起頭。

吉田一本正經地走了過來。

「有空嗎？」

「嗯。」

「我想告白。」

「我也需要做點心理準備。」

「我想也是。畢竟突然講這種……不是啦！對象又不是你！」

吉田是個會配合吐槽的男人。

「我知道。牧原同學對吧？」

他點點頭。

「然後，你想告白和找我幫忙有什麼關係？」

「明天是班際球賽對吧？」

「是啊。」

「我想表現一下，希望你可以盡量把球傳給我。拜託！」

吉田合掌懇求。

「傳給你無妨，但是在場上表現好和告白有關嗎？」

「在對方好感度提高的時候告白，成功率比較高。」

「告白成功與否是看先前的累積，應該和當下的氣氛無關吧。」

假設因為表現得比平常好而讓對方說ＯＫ，那不就表示要在好感度降低的狀態下交往嗎？因為表現恢復原來的水準了嘛。

我老實地把想法說出口，卻看見吉田揉了揉眉心。

「淺村，你每天都在想這種事嗎……的確，你說的話也有點道理。或許算得上非常有道理。但是你不懂高中男生的純情！」

「我的意思是，你這段時間的累積不會騙人。你們關係不錯吧？」

「唔……算、算是啦。」

他們要好到能約在學校餐廳吃飯，還並肩而坐。這表示他們已經光明正大地在全校學生面前待在一起。當然，也是有「我只把他當成好朋友」這種可能……但考慮這個也沒意義吧。

「知道啦。我會盡量把球傳給你。」

我並不堅持自己要有所表現。何況真要說起來，我也沒什麼特別的技能，能做到的就只有支援隊友。而且正如剛才所見，吉田投籃命中率很高。

吉田表情一亮。

「謝啦，淺村。好，明天我要加油！」

這股真誠的邪念太過耀眼，我只得把臉別開。

於是我看見綾瀨同學在體育館的另一邊和班上同學聊天。

「你很努力耶。」

我用筷子撥開餐桌上的竹莢魚時，綾瀨同學冒出這麼一句。

雖然沒頭沒腦，不過我大致猜得到是怎麼回事。

「體育課？」

「對。你是第一次在班際球賽選籃球吧，沒問題嗎？」

「勉強練到不至於扯人家後腿了吧。場上狀況應該也看得比較清楚了。」

練球練到後來，我漸漸了解隊友的性格，這點很有趣。像是在教室裡隨隨便便的人其實偏向穩重打法，沉默寡言的人常有些比較誇張的動作。

了解隊友們的性格後，就會開始思考自己接下來該怎麼行動最適合，於是愈來愈有樂趣。

6月14日（星期一）　淺村悠太

「但如果要問我能不能來些精彩的表演，我只能說做不到。」

「這樣啊。但是，大家都說悠太哥籃球打得不錯耶。」

「不不不哪有這回事。」

「要運球也做得到。」

「很慢就是了。」

「雖然人家說你總是把球傳出去。」

「因為吉田投籃比我準嘛。」

「是嗎？」

為什麼綾瀨同學一臉疑惑？

「話說回來，妳也很努力吧？我看妳們好像討論戰術討論得很熱烈。」

「咦？」

「休息時剛好看到。當時妳們那一隊在討論吧？差不多要下課的時候吧。真的只是碰巧看到。」

「啊……嗯，算是吧。我們在討論一些事。」

儘管她回答得有些含糊，但是我們沒繼續談班際球賽的事。晚餐時間就這樣過去了。

順帶一提，明明父母已經回家卻只有我們兩個吃晚餐，是因為亞季子小姐和往常一樣去上班了，老爸則是累到在房裡睡大覺。

畢竟他們在暴風雨的晚上碰到大塞車，拖到天亮才回家嘛。這也是難免。

再婚一週年紀念旅行辛苦了。

吃完晚飯去泡澡時，我想起吉田說的話。

想在心上人面前有所表現後告白，是嗎？雖然我怎麼想都覺得風險很大。但是如果問我什麼時候才是告白的最佳時機，我也想不到。

「這種東西，還是那傢伙比較懂吧……」

我想起那個戴眼鏡的好友。如果換成丸，他會怎麼回答吉田呢？

總而言之，既然已經答應，明天就盡量把球傳給他吧。反正這樣勝率比較高，隊友應該也期待我這麼做吧。

想到這裡，我抬起頭望向天花板。

冰涼的水滴落在我的鼻尖。

6月14日（星期一）　淺村悠太

我想起晚餐時綾瀨同學疑惑的臉。

儘管我自認做了最佳選擇，但在別人眼裡不見得如此——她是這個意思嗎？

不過，這恐怕要問籃球社的人才會知道吧。

「說是這麼說啦……」

儘管覺得自己只是盡力而為，浴缸裡的我依舊陷入沉思。

6月14日（星期一）　綾瀨沙季

早晨的餐桌安寧祥和，彷彿昨晚的暴風雨只是假象。

朝陽一如往常地照進起居室，早飯一如往常地美味。雖然今天的味噌湯是即溶湯包，但就算是這樣還是很好喝。

早飯時，我和淺村同學視線相交好幾次。一想起昨晚，臉上就不禁有了笑意。他抱住了害怕打雷的我。多虧有他，我昨晚睡得很熟。上次在風雨夜睡得這麼安心不知道是多久以前了。

我穿上制服，整理頭髮。就在我打點儀容時，媽媽他們起來了。他們似乎是清晨才回來，兩個人都一臉倦容。

太一繼父得知昨晚停電後很擔心，不過什麼事都沒發生，沒問題的。

踏出家門之前，媽媽叫住我，我要淺村同學先走。

「沙季，妳沒事吧？」

咦？我說了沒事啊？只是停電而已，家電也沒出什麼狀況。

「可是，妳怕打雷吧？」

喔，那個啊。對喔，媽媽知道。

「沒事，有悠太哥在。」

「悠太？」

「停電時我們兩個都在起居室。他一直安撫我，直到我冷靜下來。」

抱在一起這部分就不提了。

「這樣啊，悠太好溫柔。」

媽媽開心地說道。接著她才對我說：「路上小心。」我趕緊追上淺村同學。

我還不習慣並肩而行。雖然我沒問淺村同學為什麼不騎自行車而是走路上學，但我知道他是想改變我們在外面的距離感。

我也得習慣才行。

我們一邊走一邊閒聊，話題包括雨後街道的氣味、班際球賽的練習等。停下來等紅燈時，淺村同學看著路口出神。出了什麼事嗎……啊。

大約一年前，淺村同學把差點被車撞的我拉回來，地點就在這裡。回想起來，當時的我只想著要讓自己表現得理性。媽媽再婚讓我多了個沒有血緣的哥哥，生活有所改變，該有的心態也變了。

雖然就結果來說我安然無恙，但是不能再讓人家擔心了。我也不想讓淺村同學感到不安。

接下來，我們還是一起走。

穿過校門通往校舍的坡道、進入校舍後的走廊、樓梯，都是並肩而行。明明只是待在身旁，卻還是想維持這個距離。

進了教室，我和淺村同學以眼神互道「晚點見」之後，便走向各自的座位。

我放下書包，開始做第一節課的準備，此時突然有個氣息接近。抬頭一看原來是班長。下半框眼鏡還是那麼適合她。

「早安，綾瀨同學！」

招呼很有活力。她本來就是個開朗的人，今天臉上的喜色卻比平常更明顯。

「那、那個……」

小涼——佐藤涼子同學，從班長背後探出頭來。她的眉毛呈八字形，似乎有話想說。班長座位在我旁邊，所以沒什麼好奇怪的，不過連佐藤同學都跑來，她們有什麼事嗎？

「早安，班長、佐藤同學。」

兩人的態度果然和平常不同。怎麼了嗎？就在我疑惑時，班長拍拍我的肩膀。

「喂喂喂，我說綾瀨同學啊，妳這人還真是不能小看耶。」

「欸？」

班長的眼裡滿是好奇。佐藤同學看起來則是有點擔心。

「居然還裝傻～我剛剛看見嘍。該不會妳和淺村同學……是這種感覺？」

我的心臟猛然跳了一下。

這是問我們有沒有在談戀愛對吧？就算是我也聽得出來。

不過慢著。如果只是偶然一起走進教室就被懷疑在交往，那麼路上走在一起的不就全都成了情侶嗎？雖然我的部分完全沒錯，並不是什麼偶然，嗯。

「妳說『這種感覺』，看起來是哪種感覺？」

我用問題回應問題，班長以手抵著下巴「唔嗯」了一聲。

咦，這什麼反應？

「小涼，她好像沒注意到喔。」

佐藤同學在旁邊連連點頭。

「咦？」

「沒有立刻回答而以問題回應問題也是個重點，不過真要說起來，綾瀨同學妳應該很討厭人家問妳這種問題吧。但是，妳剛剛看起來不怎麼排斥喔？」

聽到班長這番話，令我對自己感到驚訝。

然後班長稍微壓低了音量說道：

「話說回來，願意奉陪這種話題就表示……」

她瞇起眼睛，看起來很開心。一旁的佐藤同學再次點頭附和。

「不過……這樣好嗎，綾瀨同學。」

「咦？」

「那個……之前妳不是都不和淺村同學說話嗎……」

咦？啊，對喔。校外教學時，佐藤同學、我、真綾一直同房。在巴拉灣海灘和淺村同學碰面時，真綾很體貼地讓我們兩個獨處，當時佐藤同學好像就和真綾待在一起。

「沒有啦……我們關係很好。」

「喔！所以說？進展到哪一步了？」

哪一步？呃，這是問戀愛的進展對吧？這種事怎麼可能講啊？何況也沒有什麼比較深入的行為。

在、在黑暗中擁抱有兩次。至於接吻，只有萬聖夜那次、吊橋上，還、還有缺乏淺村悠太時跑進他房間有過幾次……而且最近我們都是一起出門。

咦？意外地多？

「任……任憑想像。」

我故意用玩笑語氣回答，試著裝出一副行有餘力的表情。

「喔？允許我們想像啊。」

班長「唔唔」地沉吟了一會兒，然後豎起食指。

「妄想的結果！你們兩個看起來交往半年！已經問候過彼此的家長，也有約會過夜的經驗，已經說好要在上大學時結婚——」

「哇哇，班長，快停止妄想！」

佐藤同學在嘴唇前豎起食指「噓～噓～」地攔下了妄想列車。班長猜中的部分意外地多讓我有點焦躁，佐藤同學真是幫了大忙。初次見面就問候過家長了，回淺村同學老

家時也去約……散步過。

至於結婚……不不不，就算以一般情況來說，交往半年的高中生也不會做到這種地步吧。高中生耶。

「嗯，不過話說回來——」

班長瞇起眼睛，嘴角浮現笑意。

「能和綾瀨同學聊這種話題，我好開心。」

好奸詐。居然講出這種話，我想討厭妳都沒辦法不是嗎？

不過，這樣遠比在背後竊竊私語好多了。

「班長真是的。這種事啊，等綾瀨同學自己說出來比較好喔。」

佐藤同學在旁邊聲援我。

嗯，就是這樣。

「咦~可是~」

「等得愈久……呵呵，她說出來的時候就愈快樂，不是嗎？」

不對！這不是聲援！她是埋伏起來等獵物上門的獵人！

班長嘟起嘴，不滿地說道：

「可是啊，如果就這樣一輩子都成不了戀愛話題該怎麼辦？」

「那就等到安慰大會的時候聊吧。」

我一句話都沒說，話題卻愈扯愈遠。

「原來如此，不錯耶。坐在簷廊上抱著貓喝茶，聊些像是『唉呀沒想到這把年紀了還都是獨身呢，哇哈哈』之類的話題。」

「這個主意不錯，聽起來很有趣。對吧，綾瀨同學！」

慢著。為什麼妳們要以我會參加為前提啊？

下午的體育課是班際球賽練習。

休息時間，在我面前抱膝而坐的班長推了一下運動眼鏡的鼻橋，向同隊的我和佐藤同學攀談。

「話說兩位，我身為班際球賽觀察員，很期待看見大家活躍的模樣。」

「喔……喔？」

她沒頭沒腦地在說什麼啊？話題也莫名其妙，活躍的模樣？

「這種像沒氣碳酸飲料的反應是怎樣啊！拚命追球的運動少年少女們，揮灑著閃耀的青春汗水。看起來比原本帥氣了十倍吧！」

班長。

運動的模樣看起來很帥嗎……期待班上同學的活躍，對象不分男女，這點的確很像

不過，要是變帥十倍，這根本是另一個人了吧？

「與平常不同的模樣，令人心頭小鹿亂撞。」

「我想不會吧……應該看練習狀況就知道了……」

畢竟比賽就是練習的延伸。說穿了，是平常的努力不懈讓人閃耀，只看班際球賽就

覺得怦然心動也沒意義吧？那只是先前確實練習帶來的成果。

想到這裡，我瞄向男生那邊。

淺村同學努力的模樣映入眼裡。記得他說過自己的球技沒那麼好，還說不想扯別人

後腿，可是就我所見，在有限的練習時間裡他還是進步了不少。

「喔？綾瀨同學不想只看比賽當天，想要從練習看起啊？真是狂熱。」

「我、我沒說這種——」

啊，冷靜一點，沙季。這是巧妙的陷阱。

「或許……是吧。」

說完，我微微一笑。加油。

「喔？笑得很從容嘛。」

很好，這麼一來就不會被認定為淺村悠太跟蹤狂了吧。就在我以為話題到此結束時，佐藤同學卻悠哉地回應了前一個話題。

「不過，我覺得能當成契機喔。啊，這個人除了平常見到的那一面之外，還有這樣的一面。在校外教學一起行動之前，我一直覺得綾瀨同學很可怕。」

佐藤同學這句話出乎我的意料。

就連班長也點頭同意。

「嗯，我懂。在坐到她旁邊之前，我都沒想過她是個這麼有趣的孩子。」

有……趣？

「所以我認為，看見意外的一面，有助於顛覆成見，重新評估對方。『他在班際球賽的表現很帥氣』也可能成為契機喔。」

「這個嘛，如果是看見結果後想像對方平常的努力，倒也不是不能理解。」

我輕咳一聲，以不怎麼情願的語氣參與討論。

「有了個重新評估對方的契機嗎？如果是這樣，在那裡面——」

班長指著男生那邊說道：

「大概是兒玉吧。平常只覺得這人很煩，但他意外地打得不錯，看起來應該有經驗。他明天應該會有所表現吧。還有感覺什麼運動都行的吉田。」

「他投進不少球嘛。」

「所以妳有看是吧？」

班長這一調侃，佐藤同學臉紅了。

「只是剛好看見而已。」

「比較可惜的大概是淺村同學吧。」

聽到人家提起他，我的心跳不禁加快。

「可惜……？」

「他看起來學得很快，而且為人細心。實際上，他把隊友的動作看得很清楚，會在恰當的時機傳球。就連自己可以投籃的時候，他也會傳出去，感覺就像在當無名英雄。不過，總覺得他可以表現得更好。」

「真是謙虛。」

「說不定是膽小。不過嘛，對於綾瀨同學妳來說，或許會希望他不要太出風頭就是了。身為班長倒是希望他能為了我們班的勝利再活躍一點。」

活躍啊……

教師吹哨。休息時間結束。

「你很努力耶。」

晚餐時，我想起班長那番話，所以試著聊起籃球的話題。

我把班上同學的稱讚告訴淺村同學，他也只是謙虛地說沒這回事。確實，他的技術或許還比不上那些運動社團的人，不過旁觀者都說他還能表現得更好了。雖然當事人大概無法理解。我也很納悶。

儘管還想再聊一下，不過淺村同學轉移了話題。

「話說回來，妳也很努力吧？我看妳們好像討論戰術討論得很熱烈。」

聽到他這麼問，我想了一下。

今天體育課的時候對吧？我們有討論什麼戰術嗎？

結果，淺村同學似乎是看見我和班長她們聊天。我們在看男生練球，猜測明天誰會活躍——這種話我實在說不出口。沒想到我們明明只是在閒聊，卻被當成認真面對班際球賽。

「啊……嗯，算是吧。我們在討論一些事。」

由於很尷尬、很不好意思，所以我回答得很含糊。

因為，「我在妄想淺村同學活躍的模樣」這種話，我怎麼說得出口呢？

6月15日（星期二） 淺村悠太

雖說是我們學校是升學掛帥，但活動的日子還是會令人興奮。

其中特別亢奮的就是吉田。

「我們一定要贏——！」

他一個人鼓動大家。純粹出於邪念的幹勁實在耀眼。彷彿只有吉田的世界豔陽高照。

另一方面，幾個不擅長運動的同學待在教室一角，用死魚眼瞪著操場。

「好啦好啦。那邊的，不要那麼沮喪啦。」

班長推了推眼鏡，向那些人喊話。接著她拍拍手，笑著向大家宣布：

「反正也做不到超出自己能力範圍的事，玩得開心點吧！對了對了，大家午餐時間記得來教室一趟喔～」

聽到班長這句話，大家都露出「為什麼？」的表情。

「班上的臨時家政社準備了慰勞品——因為有借到家政教室。我們會準備很多飯糰等大家來喔～」

教室內「喔」地興奮起來。

依然坐著的我沒理會周遭的歡呼，只覺得有點疑惑。

「臨時家政社？」

「班長的提議喔。包含我在內的五個人會幫大家做便當。」

我轉頭往聲音來處看去，見到一名小個子同學。

敝班籃球隊最擅長運球的兒玉。

「——嗯？兒玉，那些東西……該不會是飯糰的配料？」

「正確答案。嘿，淺村同學你會做飯啊？」

「咦，啊，呃……」

因為，保鮮盒裡裝的怎麼看都是梅干、鮭魚、昆布、柴魚片……

恐怕任何人看見這些東西都會聯想到飯糰吧。

「唉，看見這些應該就知道了吧。」

兒玉把拿出來確認的配料放回便當袋，然後起身。

「那麼，我把這些放進家政教室的冰箱之後再去會合。今天就麻煩你嘍！」

「彼此彼此。」

應該是我要麻煩兒玉才對。畢竟我們籃球組的主戰力，除了宣稱什麼運動都行的吉田之外，就是個子雖小籃球卻打得很好的兒玉。

聽說他國中時代就有打籃球。換句話說，他有經驗。據說兒玉是因為長不高才放棄籃球，但是扣掉現役社員之後，我們班球技最好的應該就是這傢伙了。

兒玉和班長他們會合，然後一起離開教室。三個女生，兩個男生。原來如此，他們就是臨時家政社嗎？

走出教室門的時候，兒玉回頭揮了揮手。

留在教室裡的同學們喊道：「拜託做些好吃的喔。」

班長用奇妙的口音回答：「包在我們身上。」隨即笑著離去。

「為了美食，我們非贏不可！好，走吧，淺村！」

在幹勁十足的吉田催促下，我也走出教室去換衣服。

6月15日（星期二）　淺村悠太

水星高中的班際球賽排在期中考和期末考之間。

以時間來說碰上梅雨季也不足為奇，如果天氣不佳也可能延期或停辦，所幸今年還沒到梅雨季，是個晴天。

由於是全校性活動，所以是從一年級到三年級每一班都要參加的淘汰賽形式。開幕典禮在操場中央舉行，之後學生們就地解散，各自前往比賽場地。

我和吉田是籃球，要往體育館移動。

我們橫越操場，走向那棟魚板型建築物，卻在途中被叫住了。

「喂，吉田、淺村。」

是丸。

丸也是參加籃球，所以他和我們一同往體育館走（吉田好像知道，不過我是第一次聽說）。校外教學住在同一個房間的三人，奇妙地湊在一起了。

丸一臉懷念地瞇起眼睛。我很久沒和他聊天了，最近連電話聯絡都沒有。分到不同班級之後，我們就疏遠了——才怪。原因在於升上三年級之後丸變忙了。

兒玉問丸。

「怎樣？贏得了嗎？」

不是班際球賽。

丸變得忙碌——累到連晚上撥個電話聯絡一下都沒辦法的理由就在這裡。不久之後——一進七月，夏季甲子園大會的地區預賽就要開始。

「唉呀，都到了這個時候，焦慮也沒用啦。」

聽到丸看得這麼開，吉田似乎有些不滿。

「咦～今年我們的棒球社不是很強嗎？你是以甲子園為目標吧？」

吉田這句話讓我吃了一驚。

甲子園——那個全國棒球少年的夢想？

「喔？原來我們學校那麼強啊。」

「喂，淺村，那是你好友的球隊吧？」

「呃，話是這麼說啦。」

我知道他們不弱，但是到現在才曉得他們的強度足以認真地談論甲子園。丸從沒提過這件事。

「如果去得了，大概是奇蹟發生吧。」

看吧，丸自己也這麼說——等等，丸明明是棒球社的正捕手兼隊長耶。

「這麼沒志氣行嗎？」

「淺村啊，我這人不會過度自信。只會冀望奇蹟發生可是當不了主將的。我該做的就只有認清雙方實力，並且為求勝利不擇手段。」

「真像你的作風啊。」

「不過啊，萬一真的進了甲子園，搞不好能當職業選手耶？」

吉田眼睛閃閃發光，彷彿要參賽的人是自己一樣。

「職業啊……」

這麼說來，記得是去年三方面談的時候吧？聊到將來時，丸自己好像說過——「進了棒球社，並不代表就能拿棒球當工作」。

「這個嘛，如果可以在甲子園出賽，被球探看上的可能性也會變高吧。前提是有辦法出賽。當然，既然參加了，就要全力以赴求勝。」

「很難嗎？」

「客觀來說很難。我們不像那些名門學校有來自全國各地的明日之星，也沒有投入大筆資金添購的豪華設備。」

「……這樣啊。」

「先前也說過，我不認為能夠簡簡單單就當上職業選手。不過，我會竭盡全力看看自己能在最後一次大會走到多遠，如果，最後引起球探的關注——」

丸淡淡地陳述事實，吉田則是感嘆地表示這條路看起來遙遠又艱辛。

「——要做到並不簡單。更何況，吉田啊，我有我的想法。」

「喔？」

「你認為當個職業運動選手的必要條件是什麼？」

「不知道。」

「淺村呢？」

「呃……技術？」

想以職業選手自居，技術要有一定水準吧，應該啦。

「嗯，這個也很重要啦。不過呢，我是這麼想的——人們對職業選手的要求是『即使要付錢也會想看的優秀表現』。而且，必須要讓人產生『只能在這位選手身上看得到』的想法。」

「只能在這位選手身上看得到……？」

「所謂的職業棒球，就是一種表演。換句話說，他們是透過『打球給別人看』取得酬勞。要說『吸引觀眾』也行。我認為，只讓隊伍勝利還不夠。到頭來，職業選手說穿了就是個體戶。」

「原來……如此。」

「這不也是技術嗎？」

吉田說道。

「或許吧，我也不知道。唉，講得簡單一點，就是『能不能做出讓觀眾感動的表演』……但我不太會去思考這種事。」

此刻，丸的目光焦點沒放在我們前方的體育館上頭，而是看向遙遠的彼方。

「自己的表現在別人眼裡是什麼樣子，我實在無法想像。」

「這……畢竟人沒辦法從外面觀察自己嘛。」

我這麼回答後，丸微微揚起嘴角。

「不過呢，只要能體會一次就行了。唉，期待『被職業球團相中』這種根本不曉得會不會發生的奇蹟，事情也不會有什麼進展。至於『吸引觀眾的表現』這種更不曉得該怎麼做到的事，去想了也沒意義。」

丸……對自己好嚴格啊。

「所以這個選項不太實際。但是，有機會。我認為，如果抱著『有些東西一定要竭盡全力才看得見』的念頭往前衝，事後回想起來就會發現，當初這個選擇讓自己的人生變得更加豐富。」

在旁邊聽的吉田，露出看似苦笑的笑容。

「你這些話，絕對不是棒球社社員講的。八成是出自什麼RPG裡面的旅行賢者或類似角色吧。」

「穿幫啦？」

丸奸笑著說道。

「也就是『機會到來的時候能否掌握』。沒做好準備是抓不住機會的。雖然這個機會的機率低到不切實際，但或許也可以這麼說——我平常的練習就是為了這個時候。」

「你能拿下先發位置又當上隊長，已經夠厲害啦。」

「就算誇我也不會有獎勵，我也不會手下留情。」

手下留情？我和吉田都一臉疑惑，丸無奈地搖搖頭。

「怎麼，你們沒看對戰表嗎？這次班際球賽，只要打贏一場，我們就會對上你們喔。」

我和吉田同時叫苦。

6月15日（星期二）　淺村悠太

「居然會碰上水星高中最厲害的軍師啊……」

「哈哈哈。吉田啊，我說過誇我也不會有獎勵了吧？放心，在籃球方面我也是外行人。」

他說著就踏進體育館，向我們擺擺手後往自己的班級走去。

吉田以沉重的語氣開口：

「淺村。」

「嗯？」

「在體育課時，隔壁班的人告訴我。那傢伙，把三年級每班籃球隊有什麼人、參加什麼社團都調查清楚了。」

「真的假的……」

區區班際球賽不用那麼認真吧？雖然他的個性就是會全力以赴……

一走進體育館，就能聽到在打蠟地板上往來奔馳的腳步聲與拍球聲。

根據學校安排的行程，一個場地是排球，另一個場地則是籃球。已經開始了。

這是我上高中後的第三次班際球賽，卻是第一次參加在體育館的項目。

「來看的人真多耶。」

觀眾明顯比等待上場的人要多。站在二樓貓道上觀看的學生也不少。

「每年都這樣喔。」

吉田說道。

「是喔？我之前都選網球。」

至於有好幾個場地的網球前兩年有沒有這麼多觀眾，我就不記得了。或許也是因為我去年還不會把這種事放在心上。

「唉呀，因為有空調嘛。」

「啊，原來如此。」

這個季節外面相當熱。體育館很大，說舒適倒也不至於。然而，還是比太陽底下好多了。我去籃球場側的集合地點時，和排球組的綾瀨同學擦身而過。我倆視線相交，互相點頭示意。她和我以眼神交流時，吉田偷偷瞄了我這邊一眼，我假裝沒發現。

我們隊伍比預定時間晚了十分鐘的第一戰開始了。對手是二年級，但是平均身高好像比我們高。看起來很強。

跳球是對方搶到，我們先防守。

對方傳球、運球後投籃得分。

「別在意！先進一球！」

吉田高聲喊道。他也負責帶動隊上的氣氛。

「淺村！」

球隨著聲音而來。接到球的我，傳給已經退到三分線的吉田。

吉田從那個位置強行投籃。這一球順利投進，我們逆轉成功。

周圍爆出「哇！」的歡呼。吉田握拳大吼。

「淺村同學，傳得好。」

隊友兒玉在回防時對擦身而過的我說道。除了進球之外，他也沒忘記留意投籃前的表現，真不愧是有經驗的。

得到讚賞讓人開心，但我覺得那球是因為吉田厲害。

因為碰上犯規而擲球進場重開時，退到線後的我，發現牧原同學就在觀眾裡。她好像是和旁邊的朋友一起來的。

我想，吉田應該把比賽時間告訴她了吧。不知道她有沒有看見剛剛吉田那一記三分球。

之後雙方陷入拉鋸。

我盡可能把球傳給吉田。吉田想讓牧原同學見識到帥氣的一面，我只是順著他的意——才怪。為了贏得勝利，讓投籃命中率高的人出手比較確實。

我們班的籃球組含替補在內一共七人。扣掉兒玉和吉田，剩下的包含我在內實力都差不多。雖然是從累的人開始替換，但是打完第一節的時候，我們每個都已氣喘吁吁。

目前落後一分。

「後半大家也積極投籃吧。」

這麼說的人是吉田，讓我吃了一驚。

「淺村也是。別客氣，出手吧。」

「啊……嗯。」

話雖如此，命中率最高的依然是吉田。

我所能做的，就只有在接到球時，盡可能傳給待在好位置的隊友，到頭來最後還是要託付給吉田。

在時間快到時，吉田成功投進，我們勉強贏下第一場。

宣告比賽結束的哨音響起。吉田意氣風發地跑去找牧原同學。

6月15日（星期二）　淺村悠太

我注意到另一邊有個眼熟的壯碩背影離去。是丸。

那傢伙，居然跑來看我們的比賽啊……

看樣子，下一場會碰上堅持觀察對手到最後一刻的強敵。

下一場還要等一個小時，所以我們籃球組被抓去體育館另一邊幫打排球的女生加油。綾瀨同學、班長、佐藤同學所在的那一隊。我還是第一次在這麼近的距離看綾瀨同學打排球。

動作好僵硬啊——這是我的感想。

動作僵硬，一再失誤。雖說是第一次，但她好像沒說過自己差勁到連接球和托球都不穩。

而且可能是因為慌張吧，失誤愈來愈多，對手開始盯著她打了。

排球是一場定勝負，只有決賽例外。要是受到重挫，有可能就此落敗。

我原本一直安靜地看，但是在她接球失敗摔倒的那一刻，我不由自主地喊出了：

「綾瀨同學！」

瞬間，四目相交。

只見她別開目光，然後用雙手「啪」地拍打自己的臉頰。

突如其來的舉動，讓同隊的佐藤同學嚇了一跳。

幸好敵隊發球失敗，三分差距縮小為兩分。

取得發球權的敝班排球隊，輪到原先站在前排的綾瀨同學發球。漂亮到像是教學範本的上手發球，將白色的球送到敵陣後方。

這一球落在選手與選手之間，又得了一分，差距變成一分。

球送回我方。

綾瀨同學拍著球退到底線。旁邊加油打氣的同學們在發球時都會閉嘴，以免干擾選手。

她做了個深呼吸，抬起頭瞪向敵隊。

加油，綾瀨同學！

她再次發球，這回被接住了。不過，敵方沒能在三次擊球機會內殺球，送回一顆機會球。擔任自由球員的佐藤同學漂亮地接住後，中間手那位短髮的……呃，叫什麼名字啊？總而言之她把球托高，讓班長來了一記漂亮的殺球。

厲害。她豪爽地往前一踏，運用腳的彈力高高跳起後出手，球貼線落在場內。同分！現場「哇！」地一片歡呼。

這麼一來，追平的那隊就有了氣勢。

綾瀨同學也開始活躍，方才的表現不佳就像假的一樣。

結果，勝利！看著綾瀨同學、班長、佐藤同學她們高興的樣子，我也不禁露出笑容。

綾瀨同學轉過頭來，目光和我對上。

她沒出聲，只用唇語。謝、謝——大概是這樣吧。

雖然我沒做什麼事。不過，如果綾瀨同學有接收到某種訊息，而且因此冷靜下來，那就再好不過。

第三場比賽（對我們來說是第二場）即將開始。

我想起去年體育課上到籃球時的事。

體育課與丸對抗時，我完全不是對手。

當然，吉田的運動能力就算碰到丸也不會落入下風，所以我不需要勉強戰勝丸也有機會讓隊伍獲勝。還有兒玉。我們這裡可是有兩個籃球打得不錯的優秀人才。

相較之下，丸那一隊似乎都沒什麼經驗。打得最好的看來就是丸。

一開始的幾次攻防讓我了解到這點。

戰力占優——照理來說是這樣——的我們，逐漸落後丸那一隊。

因為丸徹底封鎖我們的主戰力吉田和兒玉。

對於個頭小的兒玉，他們派出身高最高的應付。而且不是盯人，是站在籃框下等兒玉主動上門。儘管兒玉可以靠假動作閃開高個子，不過很遺憾，他的遠距離投籃幾乎都進不了。

至於吉田，而是由兩個人去處理。同時被兩人盯著，實在沒辦法自由投籃。

外行人採取這種陣型必然會在某處有漏洞，不過這正是丸的用意。包含我在內的剩下三人連球都拿不穩，就算放給我們投籃也不會進。

球傳了過來。於是我運球往籃框前進。

丸靈活地驅使那副壯碩身軀跟上，繞到我面前擋路。

鏡片後的小眼睛帶有笑意。我一邊運球一邊觀察周圍，吉田還是一樣被兩個人盯著，提防著籃下守衛的兒玉退到相當遠的位置。剩下兩人——山崎和中野。丸的手伸向球。

——會被搶走！

「山崎！」

我呼喊隊友，同時硬是轉身想要把球傳給人在三分線內的山崎。

但是，丸伸手搶球是假動作。

看似要過來的手其實沒伸出來，卻撲向我要傳給山崎的球。

幾乎就在球離手的同時，丸的大手從球的邊上擦過。

被我和丸夾在中間的球，就這樣彈向正上方。糟糕。

我跳起來想抓住球。

結果只有指尖觸球，反而改變了球的軌道，讓它彈向敵隊的高瘦隊員。對方迅速把球搶下並傳出去。

傳球的對象是——丸。

不知何時已經跑向我方籃框的丸，做了個漂亮的上籃動作。輕輕拋出的球連框都沒碰到，「唰」一聲進了網。

歡呼與慘叫同時響起。

第一節就這樣遭到對方壓制，差距被拉大到五分。

6月15日（星期二）　淺村悠太

「戰術！我們需要戰術！」

吉田說道。

「你想個主意吧，淺村。」

「這個要求太難啦！」

「那就兒玉！你有經驗吧？有沒有什麼好點子啊？」

「我們國中的籃球沒那麼強耶……嗯～我想想。」

我們圍成圈坐在球場旁休息。距離第二節開始還有兩分鐘。

兒玉以目光在全體隊員臉上掃過一遍之後，開口說道：

「如果能擺脫對方的盯人，或許有機會。」

「意思是？」

我詢問後，兒玉解釋了敵隊那套應該是由丸想出的戰術。

「以我們這隊來說，最常接到傳球的應該是淺村同學。因為他會仔細觀察場上狀況，待在適合的位置。」

兒玉這幾句話，得到隊友們的贊同。這個嘛，這點我也有意識到。畢竟我能做的就只有支援隊友吧。

「不過，我想丸同學的用意也在這裡。」

「這話是什麼意思？」

「因為，淺村同學總是把球傳出去，自己不投籃對吧？換句話說，從對手的角度來看，淺村同學持球時很安全，所以他們會盡可能放淺村同學自由，讓他容易接到傳球，然後再盯緊吉田同學和我，就能癱瘓我們隊上五人之中的三人。這麼一來我們贏不了了。」

吉田發問：

「那該怎麼辦？」

「出乎對手意料應該是基本原則。淺村同學盡量站得離籃框近一點，最好待在防守我的敵隊四號旁邊。」

「那個很高的嗎？只要待在他旁邊就好？」

「可以的話，我希望你偶爾也能投籃。否則，人家不會去防守你。」

「但是，我沒有吉田那麼準耶。」

「淺村同學。」

6月15日（星期二）　淺村悠太

兒玉一本正經地看著我。

「怎、怎麼樣？」

「問題不在於投不投得進。絕對不出手的傢伙一點也不可怕，這麼一來沒人會注意你，放著你不管就好。那就落入丸同學的計算之中了。」

沒人會注意我，是嗎？

不知為何，我想到丸先前說的話。

『自己的表現在別人眼裡是什麼樣子，我實在無法想像』——是這樣沒錯吧。

我原本以為，反正自己打算專心輔助，沒人注意我才好……但是仔細一想，要是做得到「自己不起眼卻能讓隊伍獲勝」這種事，代表已經是高手了吧？

是不是有這樣的漫畫啊？

籃球初學者還以影之強者自居，只會被人家輾過去吧。

哨音響起。裁判要大家到場上集合。

第二節開始了。

我照兒玉說的，進攻時盡可能待在敵方籃框前。

在高個子的四號旁邊晃來晃去。

對方似乎分心了，目光不時往我這邊飄。

兒玉傳球過來。

我轉身投籃——但只是裝模作樣，接到的球直接回傳。往我這邊看了一眼的四號沒能即時應對兒玉。兒玉切入後投籃得分，我們把五分差距縮小成三分。

來加油的同班同學們紛紛歡呼。

大家都很開心。「不錯喔～！」「加油～！」之類的喊聲接連傳來。

接下來換成對手進攻。

這種時候沒有不回防的選擇，所以我乖乖回去鞏固守備。

防守時回到己方籃框前，進攻時盡量靠近對手的籃框。

差距逐漸縮小，追到只差一分了。

在這種狀況下，我方成功攔截傳球，展開快攻。儘管身體很難受，但我還是衝到籃框前。就在我喘氣時，兒玉又傳球過來。

但是，已經有兩個人盯住吉田。

其他隊友——我找著找著，眼角餘光卻注意到丸逐漸逼近。高個子四號很快就回頭盯住兒玉──傳球路線被堵住了。

丸再度嘗試攔截傳球。

──上半場也出現過這樣的場面呢。

那時我想要回傳，球卻被撥掉了。而且這一回，連吉田這個依靠也被盯住了。這也就表示，還有其他沒人防守的隊友。

有如重戰車一般的丸衝了過來。

傳球──

不行。沒時間尋找隊友。

我轉身背對衝上來的丸，重新轉向籃框。往前踩了一步後，我雙腳一蹬，將球投出。

「哇！」的歡呼聲響起。

球打到籃框後方的籃板後回彈，看起來好像會就這樣掉進網中。我在心裡喊著「給我進去！」但是沒有效果，球在籃框上轉了半圈後掉出來。

撿到籃板球的敵方隊員將球傳出去，最後敵隊成功得分。差距再度拉開。

──要是剛剛有進！

我試圖追上去卻來不及，只能帶著懊悔和歉意咬住嘴唇。

此時有人拍拍我的背。

「剛剛那球不錯喔。」

我抬起頭，和我擦身而過的吉田豎起拇指。

「幹得好。」

「多來幾球～」

兒玉和笹本他們也鼓勵我。

又成了拉鋸戰。

我再次回到「接球、把球轉給另一個隊友」的狀態，和一開始沒有兩樣。

——咦？

可是，感覺傳球比之前順。我一接到球，敵隊成員就會趕緊擋在籃框前。更重要的是，丸不再輕易靠近。大概是要提防我轉身跳投吧。

但我實在是累了，於是換人。

走到場邊時，同學們紛紛表示剛剛那球很可惜。可惜……是嗎？

休息完畢後，我再度回到場上。

6月15日（星期二）　淺村悠太

差距在這段時間縮小，又追到只剩一分。

「淺村～拜託啦～！」

背後有人喊我，於是我回頭一看。

是班長。佐藤同學在她旁邊，綾瀨同學也在。

我把注意力轉回場上。

剩下不到一分鐘。

由我方擲球入場。我接到球之後，立刻傳給隊友。戰術沒有改變，所以我往籃下移動。兒玉運球過來，從三分線外傳了地板球過來。我轉身、投籃——但這是假動作，我直接轉向出現在視野角落的吉田。

對方大概是以為我要投籃而趕往籃下，吉田因此擺脫封鎖，於是我趁機傳球。

緊貼三分線的吉田出手了。

球劃出漂亮的弧線，落向籃框。我心想，贏了。

「喀」一聲響起，球沒有落進框裡，掉到框外。

居然沒中！

大家把手伸向掉出來的球。我也一樣。球偶然地彈往我這邊，落在我手裡。

吉田在哪裡？

我東張西望，和丸對上了眼。不，不是找你。吉田在他左邊，要從三分線往籃下跑。現在還能把球傳過去，但我也看見丸衝向吉田，而且往我的方向偷瞄。把目光從他們身上挪回來時，我看見擔任裁判的教師已經看著手錶準備吹哨。時間……不夠。隨時都可能吹哨。

把球給吉田或許能進，但是丸理所當然猜得到。所以他才會衝向吉田。

哪邊？選哪邊的機率比較高？

如果要問我當時判斷的根據，我大概會說是因為兒玉那句話還留在腦海裡——「出乎對手意料應該是基本原則」。所以我將球舉高，手直接往斜前方推出去。推向籃框。手往前推，將球投出。

老實說，我幾乎沒在看籃框。這渾然忘我的一投，能打中籃板就該謝天謝地。我想，這絕對是偶然。

而且這顆打中籃板彈起的球，直接被吸進籃框裡，這恐怕只能說是奇蹟吧。

比賽結束的哨音，幾乎就在球落地的同時響起。

「唔喔喔喔喔喔！」

「贏啦——！」

班上的同學們興奮地大聲嚷嚷，疲憊到極點的我則是坐倒在體育館的地板上。

一個壯碩的身影靠近。是丸。

「我還以為你會傳球呢。完全被耍了。」

他的語氣聽起來很意外。又像是驚訝，又像是在笑。

「我本來也以為自己會傳球。」

「……你在講什麼啊？」

「誰知道？我自己也不明白。不過，累死人啦！」

我在地板上躺成大字，結果被教師罵了。因為下一場比賽即將開始。

我心不甘情不願地起身，雙方列隊敬禮。班際球賽是教學的一環，所以水星高中很講究這方面的禮節。

我走向來加油的同班同學們，得到掌聲相迎。

吉田跑來用力拍我的背，不斷說：「幹得好。」

「抱歉，沒什麼機會傳球給你。」

我向他道歉，吉田卻一臉驚訝。

「沒關係沒關係，贏了比較重要！」

他這麼回答。

班長、佐藤同學，以及綾瀨同學，也都露出笑容。

儘管贏下了這場激戰，到頭來我們還是敗在下一場，綾瀨同學她們那一隊也輸在準決賽。從班上的角度來看，參加網球項目的星野同學成績最好，她拿到亞軍。

我在水星高中第三年的班際球賽，就這樣落幕了。

這天沒有打工，回家後就是晚餐、洗澡、念書，然後上床睡覺。

老爸照慣例加班，亞季子小姐已經出門上班。

吃完飯後，我和綾瀨同學悠閒地喝茶。今天喝的不是煎茶，而是事先放進冰箱冷藏的焙茶。冰涼的液體流過喉嚨，讓人得以喘息。

「今天好累喔。」

顯得有些疲倦的綾瀨同學說道，我聽了點點頭。

「這一個星期練得多，實在很累。我還是第一次這麼熱心參與班際球賽。」

「我也是。」

「丸則是一直以來都練得這麼勤。認真參與運動的人真的很不簡單。」

班際球賽不過是教學的一環，而我熱心參與活動的時間才一週左右，講這種話可能沒什麼說服力，但是能稍微了解數年來每天認真練球的人有多辛苦，或許也是一種收穫。

「換句話說，可能就類似妳下廚做飯吧。」

聽到我這麼說，綾瀨同學苦笑。

「我只是天天做而已。」

「這就是厲害的地方了。而且做得很好吃。」

「謝謝。不過，我做飯只考慮自己和家人……呃，記得嗎？太一繼父說他的工作是食品的商品企畫，對吧？」

「好像是。」

關於老爸的職業，直到不久之前我才知道詳情。他不太會在家裡談工作，所以很多事我都是第一次聽說。

「比方說……悠太哥覺得料理只撒胡椒鹽會太乾難以下嚥，這種就是個人理由，對吧？」

嗯，是啊。實際上，綾瀨同學吃起來就沒什麼問題。

「像這種狀況，我都是記下來後才能應對，但我做飯時並不是為了配合不在眼前的多數人喜好。」

「嗯？」

這是什麼意思啊？

「呃，所以說，我不曉得自己平常做的菜，會讓這些『多數人』有什麼印象。畢竟我基本上只是按照自己的喜好去做。」

「啊，原來如此。」

「不過，太一繼父企劃時必須考慮這些部分。」

「這……聽起來好難。」

俗話說十人十色，每個人的喜好都有所不同。

「而且，『普通』沒有意義。」

這回換成綾瀨同學一臉疑惑。

「什麼意思？『普通好吃』不行嗎？」

「試著這麼想——妳平常吃荷包蛋喜歡撒胡椒鹽，我喜歡淋醬油。那麼，假設把胡椒鹽的量減為一半、醬油的量也減為一半，然後混在一起調味。」

「啊？」

「把它淋到蛋上，妳覺得味道能同時滿足我們兩個嗎？」

綾瀨同學立刻回答。

「不能。」

「對吧？」

「我喜歡的味道就是要那個分量，淺……悠太哥應該也是一樣。真要說起來，胡椒鹽和醬油是不同的味道，各取一點混合並不會變成萬能調味料……啊，原來如此。」

看來，只要用綾瀨同學擅長的料理舉例，她就能迅速理解。

「換句話說，悠太哥是指追求『普通的味道』，理論上會變成所有人的喜好都迎合一點。這麼一來，或許所有人都吃得下去，不過，也都會有些不滿。」

「應該是。」

「不過，這不算壞事吧？」

「但在這種場合，會出現另一個問題。」

「問題？」

我今天多次想起丸說的那句話——「自己的表現在別人眼裡是什麼樣子，我實在無法想像」。我覺得，能對應到綾瀨同學那番「我做菜只是配合自己的喜好，不敢肯定別人會說好吃」的論點。

而丸接下來又這麼說——職業運動選手是個體戶，所以單純活躍不行，人們要的是「只能在這位選手身上看得到的優異表現」。

「如果透過用戶調查之類的方法，收集每個人喜好口味的資料，然後平均化……這種食譜倒是想像得到。這就是所謂的黃金比例。」

「這個嘛……如果只是假設的話。」

「如果從大量數據裡機械性地取平均，得出來的食譜只會有一種。我想，大家會叫它『平均』或『普通』。」

「嗯。」

有了綾瀨同學的點頭認同，我便繼續推論下去。

「如果要的食譜是這一份，就不需要開企畫會議了吧？因為答案只有一種。」

綾瀨同學瞪大眼睛，「啊」了一聲。

「市面上新推出的食品，似乎有很多會標上『特辣』、『超軟』之類的關鍵字。

仔細一想，那些產品的目標想來不會是『普通』。賣點應該在於專屬於那項產品的特徵吧。」

——人們要的是「只能在這位選手身上看得到的優異表現」……

「有道理。嗯。雖然我不喜歡特辣也不喜歡特甜。啊，真綾看見『特甜』說不定會買。」

原來奈良坂同學超愛甜食啊？

「所以，就算不配合別人的喜好，也不見得就不能推出。當然，做出不能吃的東西可不行。」

「不過，我做的菜應該沒辦法拿出去賣就是了。」

「對我來說好吃就行了。」

「謝、謝謝。」

不知為何綾瀨同學轉過頭去小聲回應，一副很不好意思的模樣。我明明沒有特別稱讚她，只是老實地說出感想而已。

「這個嘛，如果賣得出去，就能當職業廚師了嘛。」

「我光是做出能吃的東西就很勉強了。搬來這裡之後廚藝一直被稱讚，反而讓我覺得很困惑……」

「我很感謝妳喔。」

我故意合掌向她膜拜，結果她轉過頭不理我了。

唉，雖然我也覺得綾瀨同學做的菜很好吃，卻沒辦法保證她已經到了能當廚師的水準。真要說起來，我也不認為自己的舌頭有那麼優秀。既然不願意妄下斷語，也只能用玩笑逃避了。

不過，我今天一再體會到「自己意外地並不了解自己」這點。

——淺村也是。別客氣，出手吧。

——絕對不出手的傢伙一點也不可怕，這麼一來沒人會注意你，放著你不管就好。

吉田和兒玉說的話，在耳朵深處迴盪。

我回想著綾瀨同學做的味噌湯，同時也想到，我從來沒見過丸在棒球比賽裡的模樣。那傢伙會有怎樣的表現呢？

「話說回來……」

綾瀨同學把茶杯放到杯墊上，開口說道。

「籃球多虧了悠太哥的活躍，我們班打進四強。原來你運動也很行，讓我嚇了一跳。」

「不不不，那是因為吉田和兒玉的奮戰。我只是專心當輔助人員而已。」

「不過，最後那一球是悠太哥投進的。」

「那是迫不得已才出手，偶然投進而已，真的。」

我的運動能力絕對說不上好。這點我有自覺。相較於運動，我更喜歡讀書……

「沒關係！對我來說是大大地活躍！」

她說著就害羞起來，我也覺得很不好意思。

「謝、謝謝。」

我說話時也別過頭，簡直就是剛剛綾瀨同學的翻版。

不知為何她笑了出來。

「害羞了！」

「只是不習慣被誇獎而已啦。」

綾瀨同學一直笑到我們開始收拾善後。

晚上，念完準備考試的進度之後，我準備上床，這時手機響了。

6月15日（星期二）　淺村悠太

LINE的訊息。

【今天謝啦！感謝感謝！】

吉田傳的。

按照後續訊息看來，他之後似乎向牧原同學告白成功了。

我想了一下該怎麼回應。

我本來想告訴他，自己傳球只是為隊伍的勝利著想。告白之所以成功，多半是因為平常的相處讓牧原同學對他有好印象。畢竟吉田這人不錯嘛。

不過嘛，人與人之間也要看合不合得來。就算他為人不錯，也不見得就ＯＫ。某人的「喜歡」，對於別人來說搞不好是「看不順眼」。

總覺得，去餐廳吃飯時在我面前並肩而坐的牧原同學和吉田，已經夠要好了。

話雖如此，一直講這些也沒意義。

【不客氣。】

這麼回答之後，我又補了一段吉田想要的簡單訊息。

【恭喜。】

吉田回了一個握拳歡呼的貼圖，很符合他的作風。

6月15日（星期二） 綾瀨沙季

「昨天的電視劇，看了嗎？」

聽到班長這麼問，我不禁轉頭。

此時我在更衣室換裝，而且體育服穿到一半，這一瞬間的轉頭看起來很好笑。

「呼……咦？電視劇？」

「『戀藍』嗎？」

我旁邊的小涼——佐藤同學似乎立刻就有反應。

臉藍？臉是……藍色的？突變？

「當然！怪了？看綾瀨同學這個表情，妳不知道？」

「妳沒看嗎？」

「……我不太看電視劇——」

啊，糟糕。這樣會把話題結束。

「——內容是演什麼啊？」

我連忙補充。應該……不是講品種改良的故事吧。

「『戀上那片藍天』呀。說到週一九點就是這個了吧！現在！」

委員長強調。

按照佐藤同學的說法，這部似乎是愛情劇，由眾所矚目的帥哥和眾所矚目的美女主演。然後，她口若懸河地向我說明戲裡的帥哥美女長得多好看。

先把衣服穿上應該比較好吧，畢竟一直露在外面。至於是什麼就不提了。

班長好像比較中意這部戲的劇情，同樣滔滔不絕地講了起來。她強調，這部電視劇的背景看似現代，卻納入了轉生和時間旅行的要素。

「唔，嗯，我知道了。」

「總而言之妳先去看一遍！」

「有時間的話啦。」

光是能說出這種常見的敷衍台詞，就讓我覺得自己也變得比較好相處了。如果是以前，就會一句「沒興趣」把話題結束。

儘管還是一樣提不起半點興趣，卻沒有結束話題而選擇陪她們聊下去，則是因為

「她們知道我所不知道的東西」這點會引起我的關注。

演藝人員的話題、海外戲劇的話題、寒流偶像和YouTuber的話題……

班長和佐藤同學的對話跳來跳去，毫無脈絡可循，跟上她們的節奏很累，和她們聊的內容相比，我恐怕對聊這些事的她們更感興趣。

還有，自己不知道的事好多好多，世界好遼闊。

換好衣服後，我為了班際球賽把頭髮綁起來，此時聊到一個段落的班長問我：

「欸，綾瀨同學平常都看些什麼啊？」

「看什麼是指……」

「妳好像不怎麼看電視，網路影片之類的？」

「嗯～最近？」

就算問我看了什麼影片——

「講解排球基本功、訣竅的運動類影片吧。」

「太認真了！」

「好厲害。早知道我也該找來看。看了會不會打得更好啊？」

「不不不，如果只看影片能打得好，那就不需要練習啦。當然可以拿來參考，不過小涼妳也練習得很認真呀！這就夠啦！」

「是啊。像我一開始連規則都不太清楚。」

不是謙虛，我對運動真的不熟。如果是流行時尚問答大會之類的，或許我的表現能好一點。

「唉呀，不過這樣的綾瀨同學一定會有所表現！拜託啦，王牌！」

「不要強人所難……」

班長，這樣會讓人有壓力。

要走出更衣室的時候，我和進來的女生擦身而過。

「咦？」

「喔～沙季耶。久不見！」

原來是真綾。

站在門口講話會妨礙別人，於是我要班長她們先走，自己回到更衣室和真綾聊一下。說是這麼說，但也就確認彼此是否安好的程度而已。

道別後，我走出更衣室。

背後的真綾向我宣戰。

「我們班也不會輸喔～！」

我沒有回頭，揮了揮手就反手關門。

就算妳說妳們不會輸也沒用啊。從賽程表看來，和真綾交手要到決賽……我們能贏那麼多場嗎？

操場的開幕典禮結束後，學生們各自散開，往參加項目的場地移動。

如果從上空俯瞰，大概會覺得很像一群四散的螞蟻吧。

何況我們全都穿白色體育服。啊，也有人穿運動夾克。雖然天氣這麼熱，沒穿夾克的人比較多。

一群人走向魚板型建築，換句話說這些人都是參加在體育館比賽的項目。我、班長、佐藤同學也在這群人之中。

踏入體育館後，第一場比賽就開始了。體育館一半比排球，另一半則是籃球。

「還有時間，到上面看吧！」

班長說道。

我問：「上面？」佐藤同學則回答：「這主意不錯耶。」

原來是指到二樓的貓道看比賽（我在這裡讀了三年，還沒上去過），抬頭一看，已經有很多學生上去觀戰了。原來如此。

移動途中，我們從籃球組旁邊經過。我和淺村同學對上眼，以眼神向他示意，沒有停留。

我從舞台旁的樓梯上到二樓。

輪到我們上場之前，應該可以在這裡觀戰吧。

比賽途中，不時傳出尖叫。貓道和一樓場邊都有。仔細一看，只是女生的聲音比較明顯，其實男生也會，不過男生聽起來沒那麼尖銳。

「那是什麼？」

「嗯～？籃球那邊嗎？喔，妳看，那個紅頭髮的男生。顏色比綾瀨同學還要顯眼呢。」

「誰啊？」

不認識對方明明很正常，卻佐藤同學都一臉意外的表情。

班長告訴我答案。

「比我們小一屆，二年四班的乙坂呀。」

「誰啊？很出名嗎？」

「這個嘛，大概和妳差不多吧。不，最近或許比妳還要出名。外表顯眼也是理由之一，不過主因在於他是ＭＡ。」

「ＭＡ？」

這是什麼啊？

「Music association。在其他學校叫做輕音社。」

Association，聽到這個單字，我翻起腦袋裡的單字集。我記得，這是指一群人基於共通目的而自主成立的團體。原來如此，類似音樂愛好集團那樣吧。

「為什麼叫這個名字？」

「誰知道？似乎以前就是這個名字，我也不曉得。」

「喔？」

這麼說來，去年文化祭時，我好像有陪班上同學去看視覺系樂團的舞台表演。那也是我難得奉陪他人興趣的一刻。現在二年級，代表他當時應該是一年級，也就是說那時候他在舞台上……？完全沒印象。

啊，摔倒了。

好像是轉身接球時失去平衡。場內一陣尖叫。

「為什麼？」

「因為長得高？」

「喔，因為籃球高個子有利是吧，」

「不……我想那些叫聲不是因為這樣。」

班長這句話讓我有些疑惑。

繼續看下去才發現——投進了，尖叫；失敗了，也尖叫。到底是怎樣？

「唉呀，他還真帥耶。很養眼。妳不覺得嗎？」

「呃～我不太懂耶。」

雖然偶爾有人從遠處投進，會讓我覺得這樣「好厲害」就是了。

「這個嘛，『厲害』的人也很帥啦。」

「籃球比賽不就該這樣嗎？」

「照妳這種說法，就不會有視覺系樂團了吧。」

「……說的也是。」

這麼說來確實沒錯。當時聽到「對於世界觀的追求」這句話之後，我覺得大概就是那樣吧。話說回來，如果是因為演奏「很厲害」所以感興趣，那就該去聽專業的演奏。就這點來說，在參加者連社團成員都不是的高中班際球賽，好像不該追求「厲害」。

「帥」是指什麼？

「啊，再來輪到我們班嘍。要不要靠近一點？」

佐藤同學說道。

比賽結束，接下來好像輪到淺村同學他們了。

對手是二年級，但是一開始的跳球讓敵方搶到，轉眼間就被得分了。

「ＯＫＯＫ，才一球而已！追回來吧～！」

班長放聲喊道。

哇，聲音好大。原來如此，這就是班長的真本事。

「沒問題嗎……」

聽到佐藤同學擔心的聲音，班長以非常嚴肅的表情回應。

「我們班的隊伍應該很能打。吉田投球很準，兒玉國中時好像打過籃球。」

「原來是這樣啊。」

「嗯，臨時家政社討論時聽說的。」

6月15日（星期二）　綾瀨沙季

是這樣啊？

我繼續觀看比賽。

確實就像班長說的，吉田同學和兒玉同學的表現格外優異，敵隊雖然也有一個打得很好的，但是我方有兩個……不，淺村同學好像也打得不錯？

「淺村同學意外地很行耶。」

「是、是嗎？」

「站位很好。妳看，所以他又接到傳球了。」

仔細一看，確實傳球容易往淺村同學那邊集中。他接到球後會轉給隊友，交給兒玉同學就能切入敵陣，交給吉田同學則大多成為得分機會。

「剛剛那球真可惜。」

吉田同學的投籃雖然打中籃板，卻被籃框排斥而掉了出來。撿到籃板球的同學把球傳回淺村同學那邊，他再度交給吉田，這一次——進了。

「好厲害好厲害！逆轉了！」

本來就很像小動物的佐藤同學蹦蹦跳跳。原來真的有人會興奮得跳起來耶。

「嗯～為什麼啊……」

明明我們班超前了，班長卻開始嘀咕。

「淺村……剛剛那球該出手吧……」

唔，後面不加「同學」？

「啊，抱歉。淺村同學才對。我這人一旦亢奮起來，講話就容易沒禮貌。」

咦？為什麼要向我道歉？

「剛剛那球啊，淺村同學不需要交給吉田同學，可以自己投吧。」

「想要確實進球吧？畢竟是逆轉的機會。」

聽到佐藤同學這麼說，班長用手撐著臉頰，擺出一副沉思的模樣。

「或許吧。不過啊，從剛剛看到現在，淺村同學連一球都沒投過喔。」

聽她這麼一說，的確沒錯。

不過，他有傳給隊友製造得分機會，這不就好了嗎？

這麼說來，去年夏天大家一起去泳池的時候，他好像也都扮演那種角色？

「唉，反正對手是二年級，我們應該能贏，所以沒關係。不過，他那樣一點也不可怕。」

這是什麼意思啊？

儘管這說法令我很在意，但就在我思考這些時，比賽結束了。

回頭一看，感覺贏得很順利。淺村同學從頭到尾都有仔細觀察場上情況才伺機而動。那就是他的長處吧——我重新認識到這點。

或許不太顯眼就是了。

由於沒什麼事好做，本來打算就這樣看下去，但是輪到我們上場了。

於是我下到一樓，和在排球場地旁集結的其他人會合。

我們的隊長當然是班長。

哨音響起，我在班際球賽裡的第一次團體競賽開始了。

這麼說或許像是在自誇，但一開始我覺得自己的動作還挺俐落的。排球大家都不熟，對方也沒有又快又強的發球或殺球，都還在來得及處理的範圍。

所以接得了球，如果不嫌力道太弱的話，殺球也做得到。

雖然也會揮空就是了。

「就這樣加油吧～！」

聽到班長的鼓勵，我點點頭接過了球。

輪到我發球。我一邊拍球一邊退到底線，然後揚起視線。大批觀眾在二樓貓道排排站，串得像鈴鐺一樣。

咦，什麼時候來了這麼多人——

意識到很多人在看的瞬間，我感覺心臟一緊。糟糕。仔細一想，我剛剛也待在那邊往下看，單純是先前沒注意到罷了，情況沒有什麼改變。

我嚥下唾液。感覺有點渴。腦袋想著不能緊張，手腳卻變得更僵硬了。意識到有很多人在看，讓我感到全身發麻。

我發球的方式，是在正對敵方場地的狀態下，不起跳擊球，也就是所謂的上手發球。雖然相較於低手發球需要更多練習，卻沒有跳躍發球那麼難。

左手將球拋起，以施加了體重的右手擊打掉下來的球。我已經練習多次，如果只是要打進對方場內，幾乎不會失敗。

我卻失敗了。

送給對手一分，讓出了發球權。

從這一刻起，我就出了狀況。

有了「如果失誤怎麼辦」的念頭，就會導致畏縮不前。踏不出原本踏得出去的那一步，伸不出原本應該伸出去的手。「必須要好好表現」的念頭，反而引來了「如果失敗怎麼辦」的不安。

我的手腳不聽使喚，連我自己都感覺得出來。

理所當然地，敵隊盯上這樣的我，將球往我的方向打。

排球劃出和緩的弧線，落向我的臉。我連忙向後墊步，此時擔任前衛的我卻因為在意後方而絆到腳。我一屁股跌坐在地，力道大得甚至發出了聲響。好痛。球從我的臉旁邊劃過。當然，我根本沒辦法接球。

「綾瀨同學！」

我不禁屏息。即使在一片歡呼之中，我依然聽得出聲音屬於誰。是淺村同學。

他也在看嗎——更重要的是，一想到醜態被看見，我又開始胡思亂想，感覺身體變遲鈍了。我含著眼淚想起身，膝蓋卻使不上力。我不禁回頭，瞬間，我們對上了眼。不行。居然讓他那麼擔心。

我別開目光。不想讓他看見自己軟弱的眼神。

「來吧。」

我抓住隨著這句話伸來的手，順著隊友這一拉站起身。班長一臉歉意。

「放輕鬆吧，大家都會幫忙的。」

聽到她這麼說，我環顧周圍，發現場內的五人和場邊待命的替補人員，沒有一個露出責備的眼神。

「沒關係。我也會支援妳的！」

跑過來的佐藤同學雙手握拳說道。

「啊～嗯。」

對喔。這是團隊運動。雖然就是因為這樣，我才不想給大家添麻煩，但是這麼一來反而造成了麻煩。

「我知道，謝謝。」

起身後，我用力拍打自己的臉頰。清脆的聲響比預料中來得大，連我自己都覺得太過火了點——不過，這時候就該鼓起幹勁。佐藤同學吃驚地往後縮。沒想到會嚇著隊友。

我再次回頭，確認淺村同學就在那裡。

嗯。沒問題。他不會嘲笑別人的失敗。

我想起他溫暖的眼神，以及剛剛擔心的聲音。

敵隊的發球來了。低手發球力道較弱卻容易控制，果然是瞄準我。看來會正好落在我前面。

班長剛剛講的話閃過腦海。

「可以自己投吧」、「那樣一點也不可怕」。

把我嚇到縮成一團動彈不得的，有打雷和停電就夠了。

大家會幫忙。所以，不要害怕失敗。把剛才踏不出去的那一步——踏出去！

我身體向前傾，總算把手臂伸到球的下方。佐藤同學細心地將好不容易彈起的球托高。我們的班長則避開了阻擋，將球打向敵隊場內。

球漂亮地落在敵隊的選手與選手之間。

「耶！」

大家興奮地就像贏了比賽一樣。發球權轉移，擔任前衛的我退到後方，再次輪到發球。

剛剛就是從這裡崩盤。

——這一次，我不會輸。

不需要太用力。只要冷靜下來就好，對方沒有那麼強。

我反覆呼吸，讓身體放鬆。
壓力不知不覺間消失無蹤。別去想觀眾。他們不是來為我加油的。
我想起淺村同學擔心的眼神。他並不是期待我做出什麼精彩的表現，要不然剛剛應該會以失望的眼神看我。他是為了讓我竭盡全力才來「加油」。
抬頭看向體育館的天花板。吐氣。
我發出的球劃出漂亮的弧線，貼著底線落在敵隊場內。
發球得分的那一刻，我轉過頭，捕捉到淺村同學的目光。
我沒出聲，只用唇語表達感謝。
淺村同學大概會說自己什麼都沒做吧，不過正是因為他剛剛喊的那一聲，讓我感受到他在旁守望，於是不再緊張。
就像停電那時一樣。
他就在那裡。我知道他來為我「加油」。四月時，滿心不安的我，如果不闖進他的房間索求擁抱，就無法得到安寧。現在的我，已經沒那麼焦躁了。
就算不闖進他的房間，早上他也會主動說想一起上學，在教室裡我們也能說上不少

6月15日（星期二）　綾瀨沙季

話。

他是為了我而縮短距離，這點我明白。

我原本就覺得他值得信賴……這樣的想法，變得比之前更強烈了。

至於比賽，我們這一隊順勢超前之後，就一路領先到結束。

雖然疲倦，但是聽到接下來馬上就是淺村同學他們的比賽，我們便移往籃球場旁邊。大家捨不得花時間上樓，決定直接待在場邊加油。

沒錯，這是「加油」。

不是「期待」什麼帥氣的表現。我不想見到他猶豫不前。

結果就只是結果。

就算他無法得分，我也不會擅自感到失望。

籃球的對手，正是淺村同學好友丸同學他們班。丸同學是水星高中棒球社的主將兼正捕手（雖然我不知道到底有多厲害）。按照大家的說法，好像是強敵。

「好啦，各位～全力加油吧～」

班長對聚集在場邊的班上同學們大喊。她剛剛打排球時鬧得天翻地覆，現在卻還是活力十足。

不過，加油要怎麼做才好？

畢竟班際球賽我以前只參加過個人項目網球，當時也沒人幫我加油，所以我連要喊什麼都不知道。不，嚴格說來國中時班上好像有做過什麼加油練習，不過當時已經擺出一副大人樣的我完全沒理會，所以根本不記得。

班上也沒有特別練習過——應該沒有吧？

我小聲這麼嘀咕，結果旁邊的佐藤同學就像在說謎語一樣表示「喊出推的姓名就夠了」。

推？

「想幫哪個人加油，大聲把他喊出來就好，這樣能夠讓人家知道『啊，有人在看我』！」

原來是這樣嗎？

不過，這麼一來會讓大家都知道自己的「推」是誰吧？

而且，雖然我想加油，卻不想給人家壓力。

「不能只在心裡鼓勵對方嗎？」

「綾瀨同學……妳還真是不乾脆啊。」

為什麼要沒好氣地看我啊？

「為努力的人加油沒什麼好害羞的喔？」

「不，不是因為害羞……」

「啊！」

咦？

我連忙把注意力轉回場上。

不知不覺間，敵隊傳球成功，一個壯碩的男生已經逼近我方籃框。

運球聲充滿韻律感。淺村同學他們拚命地追趕，那個男生卻以和壯碩身軀不相稱的速度衝到籃下，以漂亮的姿勢投籃得分。

他在投進的瞬間轉過頭來，瞇起圓眼鏡底下的眼睛，露出奸笑。是丸同學。

「唉呀～那個大塊頭還真行。」

班長的聲音高得像是在尖叫。

第一節就這樣被對方領先，相差五分。

氣氛沉重。

場邊休息的籃球組男生們，表情也都有點陰沉。

「糟糕……這樣下去搞不好會輸。」

班長嚴肅地分析現況，包含佐藤同學在內的加油組也都士氣低落。

「還、還有後半吧！」

我不禁脫口而出。

班長抬起頭看著我，好像看見了什麼不可思議的畫面一樣。

「啊……說的也對。嗯，不行不行。和沙沙說的一樣。」

沙、沙沙？那是誰啊？不，現在那些都不重要。班長緩緩掃視班上同學的臉，開口說道：

「諸君！我們還沒輸！」

唔、嗯。對啊。我也是這個意思。

「在分出勝負之前，好好為他們加油吧！」

男生加油團「喔！」地應了一聲，女生們是「嗯」地點頭。佐藤同學則是握拳回答：「我、我會加油！」

裁判吹哨催促大家繼續比賽，第二節開始。

「嗯，打法有了點改變呢。」

班長看著場中說道。雖然不曉得她是看到什麼才這麼判斷，不過和前半相比，我們班的氣勢確實有所恢復。

原本的五分差距逐漸縮小，

淺村同學還是老樣子專心當傳球的中繼點，但是和第一節時相比，似乎站得離籃框比較近。

「不錯喔～！」「加油～！」之類的喊聲響起。

也有人喊出球員的姓名。吉田同學和小個子的兒玉同學球技好，為他們加油的人似乎很多。

差距終於只剩一分，球在這種狀態下傳到淺村同學手裡。他就這樣順勢將球傳給吉田同學——不對。他轉身硬是投籃。

現場響起「哇～」的歡呼，然而現實無情，球被籃框排斥而進不去，搶到籃板球的敵隊就這麼投籃得分。

歡呼轉為慘叫。

「嗯，不錯嘛，淺村。」

原先整個人前傾的我，不禁回過頭。班長瞇起鏡片下的眼睛，臉上掛著笑容。

「剛剛那球，是他第一次投籃對吧？」

「唔，嗯。是這樣沒錯。」

這我也知道，因為我一直看著他。我還以為他會傳球給吉田同學。當然，吉田同學被盯著，但我沒想到他會硬是自己出手。

「幹得好！」

「多來幾球～」

我聽到這樣的聲音。隊友們對淺村同學這麼說。

這種行為講得好聽是積極，但也有可能被當成個人英雄主義耶。

不過，和班長說的一樣。形勢就此改變。

「好像……我們壓著對方打？」

「因為他們知道淺村……啊，抱歉，淺村同學——」

所以說為什麼要道歉啊？

「他們現在知道淺村同學也會投籃。先前就算放著他不管也沒關係，這麼一來就不能無視他了。」

雖然不太懂，但看來就是這樣。當淺村同學拿到球時，敵隊的反應明顯變得比先前遲疑。因為他有可能轉身投籃……的樣子。

雙方持續拉鋸，淺村同學下場休息。

淺村同學來到場外，班上同學都為他惋惜。

「淺村～拜託啦～！」

班長大聲鼓勵他。

淺村同學聽到後轉頭。

我想，他應該也看見了班長身邊的我。

休息完畢後，淺村同學再度上場，這時差距縮小到一分，時間剩下一分鐘。

球很快就到了淺村同學手中。他立刻傳出去，然後跑向籃下。

兒玉同學接到球，帶球切入。

然後把球傳給籃下的淺村同學！

該不會要投籃？我原本這麼以為，但那似乎是假動作，球給了吉田同學。

儘管距離很遠，吉田同學依舊毫不猶豫地出手。大概是因為沒時間吧，恐怕連三十秒都不到。球劃出弧線，感覺會投進，最後卻無情地掉了出來。老實說，我還以為就到此為止了。

大家撲向那顆球，最後撿到球的是淺村同學。他視線游移，尋找傳球目標——裁判已經看著錶準備吹哨。咽喉一陣刺痛。時間馬上就要到了。我看見淺村同學的視線突然轉向籃框，不由得屏息。

他往前踏出一步。

害怕向前。我知道這種感覺。因為，我剛剛才體驗過這樣的情緒。

但是，他的腳邁向籃框。

——想幫哪個人加油，大聲把他喊出來就好，這樣能夠讓人家知道「啊，有人在看我」！

反過來說，如果不開口對方就不會知道、不會明白……即使害怕，也有人在旁邊守望。在黑暗中，他抱住了我，告訴我這一點。

所以我也要。

「淺……」

加油。加油！

「淺村同學——！」

我從喉嚨深處榨出每一分聲音。

儘管姿勢不穩，淺村悠太的手依舊把球送了出去。

圓球一邊回轉一邊劃弧。軌道宛如天邊彩虹的球，撞上籃框後方的板子後彈起——時間彷彿整個慢了下來——然後落進籃網裡面。耳朵趕走全世界的聲音，我在寂靜中緊緊盯著那顆球。

圓球彷彿被擠出來一般，從網中落地。

尖銳的哨音響起。

時間的流速恢復原狀。球在地上彈跳。我們爆出一陣歡呼。淺村同學坐倒在地板上。

「唔喔喔喔喔喔！」

「贏啦——！」

戲劇性的結局，讓周圍的大家欣喜若狂。佐藤同學甚至眼眶含淚，但這場並不是決賽耶？

不過嘛，大家的確很努力。

「嗯～很棒的加油喔，綾瀨同學。」

班長對我說道。

「欸？啊——」

我剛剛喊了淺村同學……

「唉呀，很普通吧。畢竟是同班同學嘛。」

「喔？這個嘛，確實——」

唔，她注意到淺村同學很帥了嗎？

「很值得讓人為他加油呢。」

這句話讓我稍微想了一下，然後輕輕點頭。

「對吧？」

不知為何班長面露苦笑，但我假裝沒看到。

時間接近中午，接下來會先進入午休時間。班長嚷嚷著催大家去吃飯。

這麼說來，班長他們臨時家政社好像做了飯糰？

早知道我至少也做個味噌湯。呃，為了同班同學嘛。

班際球賽下午繼續，淺村同學的籃球組和我們排球組都沒打進決賽，但是我們班整體來說成功拿下了不錯的成績。

雖然很累就是了。不過嘛，這讓我了解團隊運動其實也不壞。

我在水星高中第三年的班際球賽，就這樣落幕了。

當天晚上，淺村同學和我都很累，所以我們早早吃晚飯。疲倦的時候，時間拖得愈晚，整理和收拾就愈麻煩，而且吃完飯洗完澡之後鐵定會直接去睡覺。

晚飯弄得比較簡單。

具體來說，就是只有把媽媽買回來的秋刀魚拿來烤。沙拉是提前做好的。雖然還有磨蘿蔔泥搭配秋刀魚就是了。

不過，味噌湯還是有做。雖然料只有油豆腐。

晚飯後，我們拿出冰涼的焙茶來喝，總算能喘口氣。

「今天好累喔。」

我嘆了口氣說道，淺村同學也點頭。

我們一起回顧班際球賽，不知不覺聊到運動選手很厲害、每天練習有多辛苦、他甚至還說我每天理所當然地做飯很厲害。

6月15日（星期二）　綾瀨沙季

我覺得講得太誇張了。

更何況，我自認缺乏「把菜做得好吃」的意識。基本上我只在意自己會不會覺得好吃。

而且我也沒打算當廚師。因此，可以說我只在意自己的舌頭。

「搬來這裡之後廚藝一直被稱讚，反而讓我覺得很困惑……」

我一這麼講，他就說什麼很感謝我，還向我膜拜，覺得很不好意思的我只能別過頭去。

淺村同學真的很會稱讚別人。

「話說回來……」

我突然想起今天的班際球賽，而且找到了淺村悠太值得讚賞的點。

我說都是因為淺村同學的活躍，我們班的籃球才能打進四強。

但是，一扯到自己，淺村同學就會變得低調。他說自己是迫不得已，強調投進只是偶然。

我講的不是結果。他在山窮水盡的那一刻能夠選擇投籃，對我來說無比耀眼。不像我在壓力下全身僵硬，在淺村同學那一喊之前，手腳根本不聽使喚。

「沒關係！對我來說是大大地活躍！」

我斬釘截鐵地這麼說，淺村同學居然害羞得臉都紅了。

「謝、謝謝。」

聽到這聲簡短的道謝，不知為何讓我很想笑。

「害羞了！」

「只是不習慣被誇獎而已啦。」

看見淺村同學不好意思地抓抓後腦，我不禁想，啊，我就是欣賞他這一點呢。

即使躺上床，那張臉依然不斷閃過腦海，每次都讓我心頭感到一陣溫暖。

這天晚上，我作了個夢。

不知為何回到孩童時代的我，在黑暗中抱著腿哭泣。

有個人在旁邊蹲下來，牽起我的手。

黑暗散去，周圍地面變得像是體育館的地板，一直延伸到地平線的彼方。

頭上不是天花板，而是蔚藍的天空。

我回握那人的手，兩人並肩走向遠方。

回頭向我微笑的臉顯得有點害羞，這張臉屬於一個名叫淺村悠太的男生。

6月15日（星期二）　綾瀨沙季

7月20日（星期二） 淺村悠太

第一學期的結業式在有空調的體育館舉行，全校學生都到此集合。結束之後，學生們一個接一個走回各自的教室，我也跟著人群離開體育館。

一到室外，就有股熱浪纏了上來。

蟬的大合唱敲打鼓膜。

競爭激烈的班際球賽，不知不覺已經是一個月前的事。

我轉頭看向旁邊的操場。

碧藍天空下，撐起茶色地面周圍防護網的粗柱子，落下一道道明顯的黑影。

愈來愈烈的太陽，明確地拉出光與暗的境界線。強得讓人感受到物理性壓力的刺眼光芒，似乎不允許任何曖昧與敷衍。

我嘆了口氣。

有種被逼著面對現實的感覺。

考試的結果，將由我們在這個暑假準備到什麼程度來決定。

「這麼說來，丸那傢伙還真厲害耶。」

「咦？」

我轉頭一看，原來旁邊是吉田。

「據說他們打贏第三場了。」

「好像是。」

丸擔任隊長的水星高中棒球社，在東東京地區的地區預賽已經贏下三場，如果後天22日舉行的第四戰也勝利就會進入十六強。

「畢竟我們這裡是在全國名列前茅的激戰區嘛，要是能打進十六強就厲害啦。我是不是該去找丸要個簽名啊？」

「吉田，原來你對棒球這麼感興趣啊？」

「沒有啊。」

原來不是嗎？

「單純覺得他很厲害，所以想讓他知道我覺得他很厲害而已啦。」

「原來如此。」

換句話說，丸的努力，足以讓平常沒興趣的人也覺得他很厲害。

「喔？你好像很高興耶，淺村。」

「是啊。」

不愧是丸，我想。

結業式後是小型班會，很快就解散了。傍晚要打工，不過在那之前還有時間。要先回家一趟嗎？還是找個地方休息呢？

明天起是暑假，暫時不會再來教室。仔細檢查抽屜看看有沒有東西忘了帶吧。指尖有鋼鐵的觸感。很好，是空的。

「淺村同學，有空嗎？」

我聽到聲音回過頭去，看見綾瀨同學站在那裡。

在家裡遠一點、在外面近一點。這一個月，我們在教室也能自然地交談了。起先還會有班上同學對我說「你們最近挺要好的耶」，然而在我回答「因為是同班同學啊」之後，不知不覺就沒人再提了。

唉呀，畢竟同班同學交談很正常，對這種事沒什麼意見才是正常現象吧。

「怎麼了嗎？」

「真綾說，有事要找我們。」

奈良坂同學？不止綾瀨同學，也有我？

什麼事啊？

「沙季～！淺村同學～！久等啦～！喝！」

某個女生隨著這一喊跳進沒剩幾個人的教室。

嗯，是奈良坂同學。

來到我們面前的她，露出燦爛的笑容。我想到，綾瀨同學曾說她是「向日葵」。確實，只要有她在，現場的氣氛就會變得開朗。

「奈良坂同學，妳有事要找我和綾瀨同學？」

「啊！你為什麼會知道！難道淺村同學其實會讀心？」

奈良坂同學掩嘴裝出震驚的模樣，我旁邊的綾瀨同學見狀輕輕嘆了口氣。

「是真綾妳自己說有事的吧？我剛剛告訴他的。」

「啊哈哈，歹勢莉菈～」

「妳在講哪個神祕外國人啊？」

我們吐槽之後，奈良坂同學清了清喉嚨，開口說道：

「呃～兩位！後天的行程已經安排好了嗎？」

後天？也就是7月22日嗎？暑假第二天……星期四。行程啊……

「沒什麼安排。」

「有事嗎？」

奈良坂同學露出「不出我所料」的笑容。

「要不要去幫丸同學他們棒球社加油？」

加油？啊，對喔，就是丸要比賽的那一天嘛。

「不過嘛，我找的人不止你們兩個，也問了其他人。記得嗎？去年夏天到泳池玩的成員，幾乎都會來喔！」

我腦中浮現新庄爽朗的笑容。那群人和奈良坂同學的關係都不錯。

「大家都會來啊。」

不愧是人望的象徵奈良坂同學。她得意地挺起胸膛。

「最後的夏天，賭上十六強名額的比賽，難得丸同學那麼努力，會希望場面熱鬧一點，讓他們在大家的加油聲中打球，對吧！」

她這幾句話，讓我想起大約一個月前的班際球賽。既然不是強迫施加在別人身上的「期待」而是「加油」，我想應該沒關係。

「而且對手是強隊喔！」

這樣啊。

我對運動不熟，就算聽到是地區強隊也不知道有多強。

雖然不知道，但既然奈良坂同學這麼說，應該是相當難取勝的對手吧。

「所以說，沒問題嗎？你們兩個都能來？」

「嗯，我會去。」

班際球賽時我也想過，至少要看一次丸在公開比賽的表現。

「綾瀨同學怎麼樣？」

「這個嘛……只有一天倒是可以。」

「太好啦！耶～！沙季～！」

奈良坂同學高舉雙手要和綾瀨同學擊掌。

「耶、耶？」

綾瀨同學儘管感到困惑，卻還是回應了要求。

7月20日（星期二）　淺村悠太

重疊的手掌發出「啪」一聲。

「如果你們還有想邀的人就邀邀看吧！22日大家一起去球場！那麼我還要去找別人，拜見～！」

拜見？

把兩種語言混在一起道別的奈良坂同學，就像風暴一樣離開現場。

我陷入沉思。

如果我要找別人，大概會找吉田吧。畢竟是共同的朋友，而且他對丸的比賽有興趣。

至於綾瀨同學，她說要找班長和佐藤同學。

不過……奈良坂同學居然會組團去加油，看來她和丸交情不錯呢。

7月20日（星期二）　綾瀨沙季

不知不覺就到了夏天。

雖然有個詞叫換季，但是前後差異其實沒那麼明確。

像是最近出門不用帶傘、洗好的衣服可以晾在外面、最近沒聽到室內鞋和潮濕的走廊摩擦出尖銳聲響等。

會注意到的人或許還是有，不過講了才發現的人應該比較多吧。

變化是逐漸擴散。當大家都注意到時，周圍景色已經屬於夏日，只不過梅雨季尚未宣告結束。

陽光照亮了整間教室。

班際球賽已經過了一個月。準備大考、定期測驗、加上雖然減少但還是有排的打工，就在我忙得不可開交時，季節已經完成更替。

不止季節。

我和淺村同學的關係也有了些改變。

在家裡我已經習慣喊他「悠太哥」，在外面同行的機會也變多了。

我的心情因而平靜下來，成績也漸漸恢復。

特別是六月底的模擬考挽回了初春時的失常，令人高興。變化不易看見，所以用數字呈現可以讓人安心。

重新審視和淺村同學的距離、更改彼此的稱呼，似乎有了成效。當然，周圍的考生們也都努力精進自己，所以名次只有稍微前進一點。

水星高中是升學掛帥，用心準備考試的學生很多。

不過，今天終究還是有些不同。

我環顧教室。班上同學各自聊得開心，吵得就像蟬叫一樣。大家都很興奮。

因為今天是結業式。

明天開始就是暑假。

對於考生來說還有補習班、模擬考，其實也放不了什麼假，但就算知道這一點，大家還是顯得很開心。

呃，臉色難看的人也是有。

舉例來說，我面前這位班長。她來到學校走進教室，坐到我旁邊屬於她的位置上之後，就趴了下來——趴在我桌上。

「要、要融化了～」

「不是已經融化了嗎？」

「嗚啊……好熱喔～」

班長就像躺在柏油路上的冰棒一樣，至於小涼——佐藤涼子同學，則是拿著墊板幫她搧風。佐藤同學最近座位換到我前面了。順帶一提，班長在換座位之後還是一樣坐在我旁邊。

「今天最高溫似乎有攝氏三十四度喔。」

佐藤同學說道。

「嗚……已經和人類的體溫差不多了嘛……簡直就像是被一大群人一直抱著……放開我……好熱……」

「有那麼嚴重？」

我倒是不喜歡被冷氣吹得渾身冰涼的感覺，所以披上了外套。

當然，教室裡的空調正全力運轉中。儘管如此，剛剛才從外面進來的班長依舊嚷嚷著：「要融化了要融化了。」

「我可是撐過了擠滿人的電車之後又在大太陽底下走來學校喔……」

「夏天真的不會想在外面走動對吧？」

聽到佐藤同學這句話，班長微微抬起頭。

「小涼不喜歡出門嗎？」

「我不喜歡滿身汗，覺得待在家裡比較好。衣服也可以穿得隨便一點。」

「我懂～我在家也只需要穿一件有內襯罩杯的小可愛～連T恤都不用。夏天這樣穿就夠了對吧？而且很輕鬆。」

「哇、哇～！」

佐藤同學連忙蓋過班長的聲音。我也有點慌。這人在教室裡說些什麼啊？

「嗯？怎麼啊怎麼啦，出了什麼事？」

「班、班長！在別人面前不要講這種話比較好喔。」

「咦，在家穿少一點很正常吧？有人會在自己家裡包緊緊的嗎？」

佐藤同學和我同聲嘆息。

這人真是的。就算是這樣，年輕女孩也不該這麼光明正大地在別人面前聊什麼內衣內褲吧。如果是剛洗好的內衣褲那就和毛巾沒兩樣，和家人談論這個倒是很正常。

「啊哈哈，反正其他人聽不到。大家心思都飄到明天開始的暑假上面了。」

「然而這個夏天多半要從早念書到晚……」

佐藤同學輕聲戳破真相，班長再度無力地融化在桌上。

「我要每天逛祭典……」

把臉埋在桌上的她，充滿怨氣地嘀咕。原本的霸氣消失無蹤。佐藤同學見狀連忙說道：

「不、不錯耶，祭典！但是這種活動每天都有嗎？」

班長猛然起身。

她從口袋掏出智慧型手機亮給我們看。

「哼哼，我可是有調查過喔，太太。」

誰是太太啊？

「看，有把全國祭典統整成日曆形式的網站！我已經加入書籤了！」

「哇，弘前睡魔祭、青森睡魔祭、放水燈、阿波舞、夜來祭……真厲害。有好多活動耶。」

手機上網羅了從北海道至沖繩的各種祭典。順帶一提，弘前那場睡魔祭的發音為「NEPUTA」，青森的睡魔祭則是「NEBUTA」。

不過，再怎麼說——

「每天還是做不到吧？」

畢竟我們是考生。就算不是考生也很難。

班長聳聳肩。

「妳不懂啊，綾瀨同學。這是心～情的問題啦。就算是考生，每天只有念書還是會把集中力用光的。一直緊繃可不好喔？」

聽她這麼說，我試著想了一下。原來如此，好像有點道理。一直待在家裡面對書桌，集中力遲早會耗盡。如果只玩一天，或許不至於影響進度。不過連續玩一個月就……

「唉，話是這麼說，但是找別人出去玩也不太方便就是了。會擔心自己打擾人家念書。」

這份體貼雖然值得肯定，但妳也是考生吧？

嗯，找人家出去玩的時候，還是要考慮對方的行程吧。思考到這裡，我突然發現一件事。我剛剛在想「要考慮對方的行程」，不過，我好像從來沒有主動找朋友一起出去玩？

咦？該不會，我根本沒有考慮過這種事的經驗？

我有邀真綾一起出門過嗎……？

看見我愣住，佐藤同學緊張地開口：

「我、我隨時都可以喔！雖、雖然跑祭典有困難……但是不行我就會說不行！」

看起來一副就是要奉陪班長的樣子。

「喔喔喔？小涼，原來妳這麼想和我一起玩啊？」

「嗯，對。因為那個……我好不容易才和班長成了朋友……可是，暑假結束以後，恐怕就沒辦法這樣玩了。」

「好、好可愛……」

「好好好可愛？」

「妳怎麼會這麼可愛呢？乖喔乖喔，和姊姊一起去玩吧。嗯，哪個祭典好呢？我先挑一下，等我喔～我看看，這個如何？」

班長開心地滑著手機。佐藤同學也探頭過去，兩個人聊得很開心，所以我閒著沒事了。不過嘛，我有沒有參與她們的對話本來就是個問題。

這時，我的手機接到訊息。真綾傳的。

【結業式之後有空嗎？我有些事想要找妳！】

什麼事啊？看起來不是什麼嚴重的問題。我告訴她沒什麼急事後，立刻就有了回音。

【謝謝~那就和淺村同學一起留在你們教室等我喔~】

淺、淺村同學也要？為什麼？什麼事啊？

我輸入「先告訴我啦」傳過去。

【這股熱情！非當面說不可！因為比太陽還要燙！】

……什麼跟什麼啊？

嗯。看來她不願意先告訴我。

不得已，放學後就乖乖等吧。這種時候的真綾，怎麼逼都沒辦法讓她開口。

就在我把手機收起來的時候，預備鐘聲響了。班長和佐藤同學也將目光從手機螢幕上挪開。

佐藤同學看向我，說道：

「呃，綾瀨同學，暑假也一起出去玩吧。」

佐藤同學握起她小小的拳頭。她看起來興致勃勃，滿心想著要出去玩。

「啊，嗯。」

班長露出心滿意足的微笑，然後朝著班上同學們拍拍手。

「好～各位～！結業式差不多要開始嘍，去體育館吧～」

剛剛那個癱軟無力的她不曉得上哪兒去了，現在班長完全就是一副班長樣。

儘管很在意真綾有什麼事，我依舊和大家一起走向體育館。

參加完在體育館的結業式，到了放學時間。

就在我告訴淺村同學真綾要找我們時，當事人冒出來了。與其說冒出來，不如說是跳進來的。至於她找我們的要事——

「要不要去幫丸同學他們棒球社加油？」

就是這樣。

「不過嘛，我找的人不止你們兩個，也問了其他人。記得嗎？去年夏天到泳池玩的成員，幾乎都會來喔！」

泳池？

聽到這句話，我翻找記憶，這才想到去年夏天真綾曾經邀我們去泳池玩。我找一堆藉口不去，結果被淺村同學說服，才有了那一天。

心臟猛然跳了一下。

我沒有忘記。只是假裝忘記而已。那一天，我察覺自己的心意，為了封印它而第一次喊淺村同學「哥哥」。

接下來就是一段凍結心意的難受日子。

我不想再抱著那種心情喊淺村同學。像現在這樣喊他「悠太哥」要好太多了。實際上，我覺得這是個好主意。實際上，最先提出「悠太哥」這個稱呼方式的是媽媽。

「還是不好意思用名字稱呼對方？喊『悠太哥』也可以喔？」

她突然這麼說。

那時我只覺得，媽媽怎麼會提個這麼讓人難為情的意見。

雖然現在已經習慣了。因為，只要加上「哥哥」，就能用名字稱呼他了。真是好主意。

「喂～沙季季～」

「啊，是。」

「是什麼是啊？」

真綾嘟起嘴。呃，剛剛在講什麼？

「綾瀨同學怎麼樣？」

啊，對喔。幫棒球社加油。

我以前幾乎沒幫別人加油過，和丸同學也沒那麼熟。即使如此，真綾還是來邀我了。

她說，她想盡可能多找一些人幫丸同學加油。

雖然她邀我們時帶著玩笑語氣……我瞄向真綾，和她對上了眼。她眼神裡的熱情似乎比平常更為強烈。

「這個嘛……只有一天倒是可以。」

回過神時，我已經這麼回答。雖然在意她為什麼會突然想要幫別人加油，不過真綾高興就好。雖然她不曉得為什麼要找我擊掌。這人的行為真是難以捉摸。

「如果你們還有想邀的人就邀邀看吧！22日大家一起去球場！那麼我還要去找其他人，拜見～！」

7月20日（星期二）　綾瀨沙季

一說完，真綾便轉身離去。

……剛剛那種把兩個語言混在一起的詭異道別是怎樣……

算啦，在意真綾的言行就輸了。

好啦，離今天的打工還有一段不長不短的時間。我用眼神問淺村同學怎麼辦。教室裡只剩下我們兩個。

「也沒長到需要去咖啡廳，這個嘛，要不要去圖書館？」

「去看書……應該不是吧。」

「我想那裡應該有冷氣。教室的冷氣馬上就要關了，圖書館應該可以吹到閉館才對。」

這我倒是不知道。

正打算和淺村同學一起過去時，手機接到訊息。我看了看顯示的名字後，停下腳步。

「抱歉，你先過去吧。」

淺村同學有些疑惑，但還是走向圖書館了。目送他離去後，我看向手機畫面。

【現在能通話嗎？】

真綾傳的訊息。

嗯？她剛剛才精力充沛地跑走，這是怎麼回事？回答可以之後，她立刻打電話過來。我問她怎麼了。

『嗯～有點話想說。那個……沙季妳是不是在煩惱要不要去？』

喔……那個啊。

「我只是在想，我去那裡好嗎？找淺村同學倒是能明白。」

『剛剛說啦～我想盡可能多找一些人過去加油。』

「所以說，這就是重點。既然也找了我以外的人，那不就夠了嗎？畢竟真綾妳還有很多其他的朋友、熟人。如果想要很多人加油，反而該找他們……我比較像個外人。」

我這麼說完，真綾沉默了一下。

『那個……呃。倒不如說，嗯……和其他人相比，我更希望讓沙季看到。』

真綾的音調變了。

不像平常那麼開朗，有點低，好像在猶豫。

「我？」

『嗯，對。該怎麼說啊～因為我看見了丸同學的努力，希望沙季也能看到。』

7月20日（星期二）　綾瀨沙季

「讓我看到？」

我重複了一次。因為我聽不懂真綾想說什麼。

『沒錯。我想讓沙季看見丸同學的活躍。』

為什麼？我原本想問，但是把話吞回去了。

好險。這句「為什麼？」不能說。從某些角度來說，它有可能被解讀為「這明明和我無關，為什麼非得看丸同學的比賽不可？」。

而且，真綾不會提出毫無意義的邀約。去年夏天去泳池那次也是。淺村同學也一樣就是了。我想，他們是看穿那時的我繃得太緊，才會找我出去放鬆。真綾雖然看起來不太正經，卻是個深謀遠慮的人。

所以我慎重地這麼問道。

「有非我不可的理由對吧？」

又是一陣像是猶豫的停頓。

『沙季，妳對於丸同學了解多少？』

問我了解多少……可能只知道他是淺村同學的朋友吧。

『大概只知道他是淺村同學的朋友對吧？』

唔唔唔，被讀心了。

『正因為如此，我才希望讓妳知道——他最後的夏天。』

最後？啊，對喔。不說我都沒注意到。因為我沒有把時間投入社團……

人生會繼續走下去，但是高中的夏天只有三次。對於三年級生來說，今年是最後一次挑戰甲子園。

『這一場是賭上十六強名額的比賽喔！而且敵方是很有希望贏得優勝的強隊！據說春天打練習賽時以一分之差飲恨輸給他們。』

「碰上強隊只輸一分？那不是很厲害嗎？」

『沒錯！很厲害喔。而且輸球之後他更努力了。身為主將，他研擬對策、思考練習內容。明明還要準備考試，卻每天揮棒……』

真綾好像愈講愈激動。

老實說，我無法想像丸同學有多努力。倒不如說，不曾持續參加社團活動的我根本沒資格談什麼了解吧？但是，真綾想為他加油的心意，我已經一清二楚。

『我希望沙季也能看見他努力的樣子。因為——』

真綾做了個深呼吸，然後說道。

『沙季是我重要的朋友。』

穿廊前方的老舊建築，通稱「圖書館樓」，一樓是音樂教室，二樓是圖書室。

上樓後，我打開眼前的大門。

踏入由寂靜支配的圖書室。除了空調的低吟之外，只聽得到宛如竊竊私語的細小說話聲。窗戶也關著，還為了遮蔽紫外線而拉上薄窗簾。不過，畢竟同一棟建築的一樓是音樂教室，就算有隔音牆，依然聽得到管樂的聲音。

我穿越書架叢林，找到淺村同學後坐到他身旁。

這個角落沒有別人，坐在這裡只要壓低音量，就算說話也不至於妨礙到別人。

「你要找誰？」

坐下之後我小聲詢問。真綾說了，可以邀其他朋友。

他敲了敲胸前的口袋。

「剛剛我傳了ＬＩＮＥ給吉田。如果不找他，他可能會說我見外。」

淺村同學、丸同學，還有吉田同學，去年校外教學時分在同一組。吉田同學今年也和我們同班，他們經常聊天，班際球賽時也一同活躍。

「他馬上就回『要去』，還說會試著邀牧原同學一起去。」

「牧原同學？」

似乎在哪裡聽過這個人。和淺村同學聊了一下，我才發現二年級時和她同班。據說吉田同學在校外教學時幫過她之後，兩人就變得很要好。

「原來是這樣啊。」

「那妳要找誰？」

「這個嘛……」

實際上也不是沒有人選。就像淺村同學交到丸同學以外的好友一樣，我也有了關係不錯的朋友。

「可能會找班長和佐藤同學吧。」

「啊，最近妳們常一起聊天呢。」

我也這麼想。不過——

「她們兩個可能都不認識丸同學，我在想找她們一起去到底好不好。」

兩個人好像都怕熱，不曉得找她們到大太陽底下看棒球會不會出問題。

而且班長剛剛說了。

『唉，話是這麼說，但是找別人出去玩也不太方便就是了。會擔心自己打擾人家念書。』

仔細一想，每次都是真綾找我出門。我不記得自己主動邀約過朋友。人家找我去泳池那次，真虧我當時敢擺出一張臭臉鬧彆扭說不去。明明就很想去。

我這人還真是麻煩。

所以說，嗯……我覺得我偶爾也該主動邀請別人。只不過這麼一來，就像班長說的那樣有很多事要煩惱。

「原來如此。不過她們是妳的朋友吧？既然如此，我想應該沒問題。」

「咦？我沒那麼受歡迎吧？」

「抱歉，我的說法有誤。不是指她們一定會來，而是指如果她們不感興趣或者另有安排，應該會明確地拒絕。」

完全是盲點。

「因為妳也是這樣。」

唔。該不會，這是在說去年泳池的事？

我這麼一問，他就苦笑著說：「我沒有特別指哪一件事啦。」既然這樣就算了……

對不起。

「不過，對喔。佐藤同學也講了，如果不行她會說。」

「對吧？」

他對我微笑，帶給我勇氣。趁著還沒反悔，我立刻拿出手機發送訊息。接著我戰戰兢兢地握著手機，很快就有了回應。

我看向通知。

「如何？」

「她、她們說會來。」

「喔，太好了。」

淺村同學講得簡單！如果這裡有張床，我大概會撲上去。

沒想到邀別人會這麼緊張……大家好厲害。

7月22日（星期四）　淺村悠太

爬完陰暗的階梯，便有晴天的熾烈陽光降臨。

這座從本壘延伸出去的扇型球場，內外野都是草皮，在陽光下綠意盎然。唯有內野四個壘包與投手丘附近能看見茶色泥土。

管樂演奏聲高亢入雲。

丸率領的水星高中棒球社，接下來就要在這裡比賽。全國高中棒球選手全大會的東京地區預賽‧第四戰。換句話說，這場比賽關係到前往夏季甲子園的門票。贏了就進入十六強，似乎會是敝校這些年來成績最佳的一次。旁邊興奮的吉田告訴我的。

「你看，淺村！全都是草皮，會不會太厲害啦？整理起來應該很麻煩吧。」

「似乎是人工草皮喔。據說最近設備全面翻新過。」

剛剛才查的，所以不會錯。眼前的內野席座位看起來也是又新又乾淨。

「喔？啊，我去找個好位置！」

說完，他就從有陰影的入口跑向觀眾席。

來幫丸加油的我們一行總共六人。

包括我和綾瀨同學、綾瀨同學找來的班長和佐藤同學、我找來的吉田，以及吉田找來的牧原同學。

大家在離球場最近的車站會合，然後一起來這裡。

我往後方瞄了一眼。

被留在原地的牧原同學，顯得有些不知所措。對她來說這裡只有吉田能依靠，也就是所謂的客場作戰——我原本是這麼想的。

班長雙手放到牧原同學肩上，說道：

「由香，妳不跟著吉田嗎？」

「跟、跟過去比較好嗎？」

「他去找好位置可是為了妳喔，阿姨我很清楚。妳現在該跟上去。」

班長簡直就像是勸人家去相親的大媽。

「果然是這樣啊……那我過去了。」

在班長的鼓勵下，牧原同學小跑步去找在太陽底下的吉田。

不過，明明才剛認識，班長卻已經和牧原同學親近到可以用名字稱呼對方了。車站到球場這段路根本沒花多少時間。

恐怖的班長力。不愧是被喊班長多過被喊姓名的人。

「兩個都跑掉了嗎？」

開口詢問的是綾瀨同學。佐藤同學就在旁邊。炎熱讓她們倆看起來一臉虛弱，沒問題嗎？

「唉呀，一來還有時間，二來他們似乎是去確保位置，我們待在這裡乘涼應該也行喔。意下如何？」

「嗯……」

「奈良坂同學他們來了嗎？」

佐藤同學問道，我給了個曖昧的回應。

「我想應該在，不過沒看到。」

我試過尋找加油團發起人奈良坂同學坐在觀眾席的哪裡，但是從這個連接廣廊和觀眾席的狹窄入口看不清楚。

「真綾說她在廣廊那邊。」

綾瀨同學舉起手機說道。大概是ＬＩＮＥ收到聯絡了吧。

「我去和真綾打聲招呼。淺村同學呢？」

「這個嘛……我和吉田一起挑座位吧。」

身為奈良坂同學邀來的人或許跟過去比較好，不過這種時候該分工合作。何況奈良坂同學和綾瀨同學比較熟。

綾瀨同學看向班長和佐藤同學，用眼神詢問「妳們呢？」

「喔，那我也過去～淺村同學，座位拜託嘍！」

「我也一起去。」

女生們跟著綾瀨同學走了。

我則是跟在吉田和牧原同學後面往觀眾席移動。

純以結果來說，我有點慶幸綾瀨同學她們去奈良坂同學那邊。同時面對那麼多女生，我實在沒有不冷場的信心。

要是因此就只和綾瀨同學說話，或許會讓人起疑。

那麼——就照我自己剛剛說的，找個好位置吧。

我們所在的觀眾席，位於一壘側（從本壘往外野看的右側）。

奈良坂同學通知我們，水星高中加油團在這邊集合。

觀眾席的範圍從本壘附近到接近外野處，一壘側和三壘側合計約三千個座位，全都是自由席。外野沒有觀眾席。此外，球場沒有屋頂，所有聲音直上藍天。一旦下雨，所有觀眾都會淋得一身濕。

管樂社在靠近外野的地方暖身。

按照奈良坂同學提供的情報，學校的應援團和啦啦隊也都會在那邊集結，我們則要在反方向——靠近本壘的地方集合。

觀眾席還有空位，考慮到這是預賽，可以說來了不少人。如果我是自己跑來，看見這麼多人鐵定會緊張。不過，這下子麻煩來了。我根本不知道怎樣才算是好位置，就連到現場看棒球都是第一次。或許剛剛就該跟著吉田走。吉田在哪裡啊？

「喂～淺村～」

就在我東張西望時，聽到有人叫我。吉田向我招手。我走過去一看，沒見到牧原同學。

「咦，牧原同學呢？」

「去重塗防曬霜。唉，畢竟太陽這麼烈，在直射的陽光底下一直晃來晃去也不太好嘛。」

「原來如此。」

「然後，看這邊。他聽到你有來之後，就說想和你打聲招呼。」

「喔。」

有個男生一直坐著在等我們談話告一段落。

「悠太同學，好久不見。」

一名在暑氣之中依然瀟灑的男生。新庄。這也就是說，奈良坂同學他們那一團的位置同樣在這附近？

「嗯。呃，好久不見。」

我舉手打招呼，他有些不好意思地看向旁邊。

新庄旁邊坐了個女生，她對我點點頭。我反射性地點頭回應，然而我好像不認識這個人。而她也不是去年暑假我在泳池見過的那些人之一。看起來應該是新庄的朋友……有禮貌一點應該比較好吧。

新庄大概從我的疑惑猜到怎麼回事了吧，他正襟危坐，向旁邊的女性伸出手。

「這位是小林同學。和我同班。」
初次見面，幸會──小林同學報上姓名，向我一鞠躬。
她留著一頭淺褐色中長髮，耳朵上掛著貝殼造型耳環。雖然沒到辣妹的地步，不過看起來很會打扮。
「呃，我們最近才開始交往。」
呃……交往？也就是女友？
這位小林同學忍不住笑了出來。
「圭介你啊。你願意把我介紹給朋友讓我很開心，但是我每次都在想，能不能別用姓氏加上同學這種介紹方式啊？好像要見父母一樣。」
「別笑了啦，我還不習慣向人家介紹妳。」
「好好好。我倒是已經習慣了。」
小林同學拍打新庄的背。新庄不好意思地笑了。
看來他們平常都是以名字稱呼彼此，關係相當良好。
咦？不過，我記得新庄本來想對綾瀨同學告白……
我瞄了他一眼，視線正好和他對上。他慢條斯理地站起身，把臉湊過來在我耳邊悄聲說道：

「在那之後已經過了半年以上啦。」

語氣有些無奈。看樣子他猜到我在想什麼了。「在那之後」，大概是指那次新庄說出他對綾瀨同學有好感之後吧。該不會，我這人很容易看穿？

「啊，不，抱歉。我沒有那個意思。」

我不好意思地小聲回應。人家的交往對象就在旁邊，我居然這麼不識相，應該反省。

「喂～男生之間的悄悄話嗎？很可疑喔～」

小林同學不滿地戳戳新庄。

「沒什麼啦。」

「很可疑耶～」

兩人開始打情罵俏。我和吉田對看了一眼，決定趕快滾蛋。

按照有看球經驗的吉田所言，我們坐在一壘側座位的中央一帶。綾瀨同學那邊我已經聯絡了。吉田跑去廣廊，說要看看牧原同學的狀況。

話又說回來，居然半年了。真是令人感慨。

新庄向我坦白對於綾瀨同學的好感，是半年前的事。該說才半年，還是已經半年呢？

當時他的心意應該不假。不過，實際上他在半年內就喜歡上了別人，和現在的對象一同歡笑。這是理所當然的。沒道理非得一直想著拒絕自己的人。

正因為如此，我才會這麼想。

人心是會變的。

正如跌到造成的擦傷會痊癒、長在樹上的蘋果會掉下來，一切都是自然發展，甚至談不上什麼好壞。

新庄的心意也不是三兩下就改變。或許他一開始也有一段忘不掉的時期。即使如此，日子依舊會過去，新的邂逅遲早會到來。

時間與環境的變化，能夠改變人的心。

如果是這樣……

我緩緩吐出一口氣。

那個人——曾是我母親的那個人，也一樣嗎？

我並不同情她。新庄是被拒絕之後才換對象，那個人則是出軌，兩者完全不同。我沒打算為那種不誠實的行為辯護。

但是，漫長的婚姻生活裡，是否會有一開始看不見的微小裂縫緩緩擴張，最後成為巨大的裂痕撕裂人心呢？

如果是這樣──

「淺村，你覺得很熱？」

聽到有人呼喚，我頓時抖了一下。吉田和牧原同學擔心地看著我。

看來他們順利會合了。

臉上有水滴流過，我這才發現自己雙拳緊握、滿頭大汗。

「……不，沒事。」

「別逞強喔～拿去。」

他在我後面坐下的同時，遞了一瓶運動飲料過來。而且是冰的。

「奈良坂同學請的，她說要分給大家。」

坐在吉田旁邊的牧原同學說道。所以說綾瀨同學也……不在啊。

「你找綾瀨同學的話，她還在奈良坂同學那邊。」

「喔，了解。」

畢竟她們很久沒聊天，可能有許多話想說。

「不過，奈良坂同學……該怎麼講呢？真不愧是她。」

我一邊轉開瓶蓋一邊說道。

吉田似乎也有同感。

「我是有聽說過傳聞啦，不過她那種貼心程度已經是專家級了吧。真是恐怖。對不對，由香？」

慢著吉田，我可沒說恐怖喔。牧原同學則是苦笑著回答「或許吧」。

接著班長和佐藤同學來了，稍後綾瀨同學也來了。班長她們在和我隔了一個人的位置坐下，因此綾瀨同學坐到我旁邊。奈良坂同學他們占據了稍遠處新庄所坐的那一帶。

奈良坂同學和幾個學生帶了看似保冷袋的東西，應該是準備好的運動飲料吧。居然有那麼多啊？

身旁的綾瀨同學盯著我的臉打量了一會兒，然後開口問：

「……出了什麼事嗎？」

嚇我一跳。剛才吉田就沒發現。

「沒事啦。」

7月22日（星期四）　淺村悠太

我撒了謊。
沒把剛剛腦中那段不快的想像說出口。
也就是「兩人感情再好，將來也可能分開」的假設。
吉田和牧原同學交往。新庄和小林同學交往。
我和綾瀨同學也在交往。
想來沒人會為了分開而交往吧。假如人的心就是會變，我們是否無從抗拒呢？

這場比賽一開始形成投手戰。前兩局雙方都沒得分。
「是個不錯的開場呢。」
坐在後面的吉田說道。
我回頭看向他。
「是嗎？」
「常綠學院是地區四強的常客，也有豐富的甲子園出賽經驗。」
運動萬能的吉田，對於高中棒球似乎也很熟。
「有甲子園出賽的經驗啊……」

光是聽到這點，就讓人覺得很強。這就是招牌的力量吧。

「類似聽到暢銷作家出新作就會讓人緊張的感覺？」

「呃，淺村你的例子我聽不懂。」

「是、是嗎？」

「而且，據說這個世代還有被看好能加入職業隊伍的選手。叫什麼名字來著……我不記得了。絕大多數人都看好常綠會贏。」

「原來是這樣啊。比賽前就被人家這樣說，實在很不甘心。」

一旁的牧原同學似乎真的不太甘心。

「唉，畢竟我們從來沒打進十六強嘛～」

不過，目前看來有一搏之力。

「因為投手好吧。常綠雖然優秀，但我們的也不錯。」

這或許是多虧了捕手——吉田補充。也就是多虧了丸？

對於棒球不熟的我，不曉得能不能相信他這番話。但是，坐在觀眾席這裡也看得出丸的努力。

在內野席靠近本壘這邊，儘管距離遠，但勉強還看得見選手們的表情。當然，想要連細部都一清二楚就沒辦法。而且捕手戴著面罩看不見臉。

即使如此，依舊看得見丸不斷對我方選手下指示，而且每一個動作都很俐落，能感受到追逐那顆球的執著。打者打出界外高飛球，於是他拿掉面罩追上去，全力跑到一壘側——也就是我們面前，伸出手往前撲想要接球。

很遺憾，球落地了。他不甘心地咬著嘴唇。

看見丸以捕手身分指揮隊友並且竭盡全力打球，老實說讓我有點意外。前兩年在教室裡看見的丸，真要說起來感覺看得很開，不會去白費力氣。

但是在球場上比賽的他，表情非常嚴肅。儘管對手強大所以勝率不高，卻沒有半點要認命放棄的樣子，而是拚了命地奮戰。這點光看他追逐界外球就一清二楚。

按照吉田的說法，水星高中的棒球社從來沒拿過好成績，在地區預賽好像被視為黑馬。

只看機率來說，這一場碰上贏不了的對手。無論是期待還是加油，這場比賽幾乎都注定要輸。

然而比數一直維持零比零。

兩邊的加油都愈來愈熱烈。

水星高中管樂社待在靠近外野的位置，應援團、啦啦隊等社團的人全都聚集在那裡。連板凳都坐不了的棒球社成員也在那附近。

當然，球場另一邊就是常綠學院的加油團隊。組成和我們這邊類似，差距最大的部分大概是坐不了板凳的社員人數吧。不愧是四強常客，穿著球衣的人將近一百個。

「不過，兩邊來加油的人數差不多耶。」

我看著觀眾席這麼說，吉田聽到後為我解釋。

他說，對常綠而言，第四戰贏了是理所當然的，所以還不至於認真加油。相對地我們贏了這場就是罕見的十六強，已經表現傑出。兩邊誘因的差異，才導致加油人數不相上下。

「原來如此啊。」

「這種時候啊～就該那麼做嘍。打爆那些講什麼『贏了是理所當然』的對手，超爽的～」

班長說道。

「是啊，丸可得好好努力才行。」

吉田表示，牧原同學也說：「希望他們加油。」

撐過三局上半，下半局水星高中的攻擊總算出現安打。

短打推進後，一出局二壘有人。打擊輪到丸。壯碩的他拿起球棒揮了一兩下，這才走進打擊區。

丸是右投右打，所以從一壘側觀眾席能把他的表情看得很清楚。

這個時候，傳來一個特別大的加油聲。

「丸——！上啊——！幹掉他們～！痛宰他們～！」

喂喂喂，誰啊？

「真、真綾？」

咦？我順著綾瀨同學的驚訝目光看過去，發現剛剛和新庄碰面那裡有個放聲大喊的女生。她還站了起來。啊，坐下了。似乎是注意到自己下意識地起身了。她向坐在後面的人合掌道歉。

班長以很意外的語氣說道：

「唉呀，原來奈良坂同學那麼容易激動啊。」

「是嗎？」

我小聲問坐在旁邊的綾瀨同學。

「不、不知道啊。我也是……第一次看到她那樣。」

這個嘛，她帶著遊戲機來找綾瀨同學時，看起來很興奮就是了……

「三壞球一好球啊。打者有利呢。」

吉田輕聲嘀咕。

我正想問「那是什麼？」，卻聽到高中棒球獨有的金屬球棒擊球聲。觀眾席頓時沸騰。丸打出去的球從一二壘之間穿過，滾向外野。

右外野的選手追到球時，原先在二壘的跑者已經繞過三壘往本壘衝。於是右外野手沒有全力將球傳回本壘，而是小心地把球傳給二壘手。

——跑者衝過本壘。一分！

銅管奏響，加油團的成員們高興地抱在一起。

「不想因為把球傳壞導致事態惡化啊……對方還真是冷靜呢。」

「吉田……你可以當解說員喔。」

「包在我身上。棒球漫畫我可沒少看。」

來源是漫畫啊……不過，初學者旁邊的確很需要這種人才。或許該慶幸有找吉田一起來。

「剛剛得了一分對吧？」

綾瀨同學問我。

「是啊。妳看，板子上有加算分數對吧？」

中外野後方的計分板顯示了「１」。

「真的耶。」

「很好很好！就這樣幹掉他們！」

班長愈來愈亢奮了。

不過，後續打者沒能跟進。水星高中三局下半的攻擊只拿下一分就換邊。

吉田說，我們和常綠的差距在於板凳深度。

常綠學院的社團成員超過百人。他們是從這麼多人裡選出替補，比起社員人數不到他們一半的水星來說，人員素質方面有壓倒性的優勢。

隨著比賽繼續，差距開始浮現。

即使如此，打到四局時雙方還是不相上下。丸剛剛打下的一分，到下一局的上半就被追平，於是形成你拿一分我也拿一分的拉鋸戰。

平衡在五局上半崩潰。

水星先發投手的控球撐不住了。他壞球連發，丸跑上投手丘拍肩說了幾句話。投手連連點頭，但是從遠處也看得出他臉色蒼白。

「或許換人會比較好……」

吉田輕聲嘀咕。

大概是指疲勞使得控球水準變差了吧。那麼換投手不就好了嗎？板凳深度夠的隊伍才能這麼做。吉田說，二號投手恐怕壓制不住常綠。

先發投手繼續投下去，卻投出了四壞球導致滿壘。

「嗯，果然換人了呢。」

正如吉田所言，一名選手從板凳區跑出來找裁判。

高中棒球似乎禁止教練離開板凳區，所以傳達指示的都是選手。

投手垂頭喪氣地走下投手丘，丸拍拍他的肩膀說了幾句悄悄話。他一再用衣袖擦拭眼角。看見退場的投手流淚，令人心裡一陣難受。

如果就這麼輸掉，對他來說，高中棒球的回憶便成了此刻的退場。當然，敵隊也是一樣，以運動的性質而言，只要有一方獲勝，另一方必然是苦澀的敗戰……

於是，我們得以體會到吉田那句「板凳深度決定勝負」。

換上來的二號投手，控球問題比先發投手還要大。

他一上場就連投三個壞球，成了對打者有利的球數（吉田為我們解釋）。

因此他試圖投進好球帶，變好打的球卻被左打者狠狠打到右外野方向。水星高中加油席傳出慘叫。突破一壘邊線的球滾到距離右外野手很遠的位置。當右外野手好不容易追到球時，跑者已經先後回到本壘，一口氣掉了三分。這是一支清空壘包的二壘安打。

「啊～～～」

班長和佐藤同學都沮喪地叫了出來。

我確認計分板。七比三。

「差四分嗎……」

雖然不甘心，但對方確實很強。

趁著我方戰力稍微下降時，一口氣掌握比賽走勢。

好不容易撐到三人出局，退場的球員們個個表情黯淡。此時丸出面激勵大家。場上還有管樂演奏和加油聲，聽不清楚他在說什麼。

即使如此，球員們依舊甩了甩頭，試圖拋開自己的軟弱。

坐下去之前，丸停步回頭。

他盯著計分板。

「丸……」

下半局的進攻由丸開始。

在壘上沒有跑者的狀態下，丸走向打擊區。

有個聲音為背對我們的丸打氣。

「丸————！加油————！」

那是奈良坂同學的聲音。

這一聲喊在管樂演奏的空隙，顯得格外大聲。

「我們的加油團長……聲音好大啊。」

吉田傻眼地說道。言下之意是「真不愧是奈良坂加油團的團長」。

「一、二……」

背後傳來班長的聲音——

「「「丸同學————！加油————！」」」

班長、佐藤同學、牧原同學齊聲喊道。

丸回過頭，可能是聽到了吧。他東張西望尋找聲音來處，恰好和我對上眼——感覺是這樣。他好像……揚起了嘴角？丸豎起拇指，走向打擊區。

就定位之後，丸看向敵方投手。向來溫和的眼神此時帶有強烈的光彩，吸引了觀眾的注意力。我緊盯著丸，連呼吸都忘了。投手丘上，投手高舉手臂，擺出叫做揮臂式姿勢的投球動作。

他抬腳挺胸，將集中在指尖的力量灌注到球上後解放。

在我這個外行人眼裡，球速非常快。如果在打擊場碰上那樣的球，我大概連擦棒都做不到吧。

我的視線緊跟著投出的球，到了丸這邊。

事情無疑只發生在一瞬間，但是在我專注守望的目光下，看起來就像慢動作。丸揮出球棒，將來到面前的球狠狠打出去。

清脆的聲音響起。

球劃出弧線越過中外野手，落地。

丸彎下壯碩的身軀，拔腿飛奔。他衝過一壘，在球傳到之前就已跑到下一個壘包。

二壘安打！

水星高中加油席再次沸騰。

「好厲害好厲害！」

「太好啦！」

有人拍拍我的腰。

我回過神來，發現綾瀨同學對我微笑。

「剛剛那球真棒，對吧？」

「是啊……」

我坐回椅子上。剛剛下意識地站了起來。

丸在二壘振臂握拳。

加油聲更熱烈了。

這一局追回一分，但是七局上半又被拿下一分。

接著登板的投手沒守住比數，差距已經大到水星高中無力追趕。

最後是八比四，常綠學院獲勝。

7月22日（星期四）　淺村悠太

裁判宣布比賽結束。以三振告終的最後一位打者跪倒在地。

另一邊的觀眾席爆出歡呼。

雙方整隊敬禮，然後選手退場。丸和隊友們不甘心地流下眼淚。

選手們排成一列，來到觀眾席前。

他們向來為自己加油的人、管樂社、啦啦隊、替補人員和家屬們深深一鞠躬。掌聲響起。

「真綾……」

我順著綾瀨同學的目光看去，發現奈良坂同學跑到最前頭，看著佇立在大家面前的選手們。

明明加油得那麼賣力，現在卻只是默默地看。咬著嘴唇的她似乎也很不甘心。

但是，那不甘心的表情瞬間消失了。

她轉頭看向奈良坂加油團，大聲喊道：

「各位～！讚賞大家的奮戰吧！來吧來吧，一、二！」

觀眾們彷彿也對奈良坂同學這一喊有所回應，紛紛說出「打得很精彩喔！」「幹得好！」之類的鼓勵話語。

背對這些聲音的奈良坂同學，自己也拍著手對球員們說：「辛苦了～！」

「真是一場好比賽。」

吉田起身拍手，牧原同學他們也跟進。這就是起立致敬吧。

「是啊。」

我也起立鼓掌。

掌聲直到選手們離場都沒停下。

我在車站和大家道別。

綾瀨同學和我並肩走在回家路上。

這個時期日落時間是晚上七點左右。太陽逐漸消失在大樓的另一邊，但是天空還很藍、氣溫也很高。儘管如此，令人窒息的沉重氣氛依舊舒緩了些。像這樣步行也不會覺得累。

不過，我好像在不知不覺間活動得很激烈，身體有種近似於離開泳池之後的倦怠感。

「累了嗎？」

7月22日（星期四）　淺村悠太

走在旁邊的綾瀨同學打量我的臉。

「啊，不，沒這回……不，應該挺累的吧。」

聽到我這麼回答，綾瀨同學輕輕一笑。

「我剛剛說了什麼奇怪的話嗎？」

「沒說啊。我只是在想，你真的沒什麼自覺呢。」

咦……？這話是什麼意思啊？

綾瀨同學將交握的雙手高舉過頭，伸了個懶腰。纖細漂亮的手臂往天空伸展，遮住瞇起的眼睛。她發出聲音。

「嗯～～～～～！」

放下雙手後，她垂下頭。

「呼～」

「看來妳也累了呢。」

「是啊。嗯，我大概有點累了。」

離球場最近的車站和澀谷相差四站，搭電車約十分鐘。雖然不算遠，但幾乎花掉了一整天，會累也很正常吧。

我們從大路轉進小巷。

彎過轉角來到住宅區後，路上行人變得稀少。

穿過綠意已濃的公園時，吹來的風讓我不禁深吸一口氣。好舒服的風。綾瀨同學的長髮隨著晚風搖擺。

「這麼說來——」

綾瀨同學露出「嗯？」的表情看著我。

「離開球場前，妳和奈良坂同學去哪裡啦？」

奈良坂同學那一群人很多，還說結束後要聚會，所以幫忙收拾完畢之後，我們幾個先離開球場。

不過，臨走前奈良坂同學把綾瀨同學叫走，兩個人不知跑去哪裡。

「啊～嗯。有點事。不是我的事而且屬於私人性質，所以要保密，可以嗎？」

「喔……了解。」

不是綾瀨同學的事，代表和奈良坂同學有關，或者和他們那一群裡頭的某人有關吧。既然說了屬於私人性質，那還是別多問比較好。再熟也不能沒禮貌。

就算是情侶，也不是什麼都必須分享。

雖然我會在意就是了。

公園一角有對父子在傳接球。

父親顯得很累，對小孩說差不多該休息了，但是看似小學生年紀的男孩好像還精力充沛，一邊嚷嚷著不要一邊丟球。男孩在放暑假，不過爸爸是社會人士，今天又是平日，應該才剛到家吧。

辛苦了。

「淺村同學和太一繼父以前會那樣嗎？」

綾瀨同學問。看來她也看到那對父子了。

「傳接球嗎？」

她點點頭。

「不，我從小就是那種待在家裡看書的孩子。」

當然，老爸無法這麼早回家也是理由之一。準時下班，還沒六點就到家……在我的印象中不曾有過。

我的生母外遇，恐怕部分原因也在於老爸忙碌吧。

和亞季子小姐結婚之後，他偶爾會很早回家。如果我稍微晚一點到家，還有機會看見他和準備出門上班的亞季子小姐甜甜蜜蜜地一起吃飯。

現在會那樣，或許也是基於過往經驗而有所反省。

「運動頂多就是偶爾和老爸在電視上看一看，我應該什麼都沒玩過吧。」

「原來是這樣啊。不過，你對棒球比我熟耶。」

「這很難講，畢竟我的棒球知識都來自漫畫和小說嘛。現在棒球漫畫也比以前少了，足球說不定懂得多一點。」

「原來是這樣啊。」

「幸好吉田在。不懂也可以馬上問他，他會告訴我。」

這麼說來，綾瀨同學好像也說她是第一次看棒球？

「妳覺得怎麼樣？有享受到樂趣嗎？」

對於我的問題，綾瀨同學稍微想了一下後開口。

「嗯，這個嘛，有享受到喔。觀賞別人的努力很有意思。還有，出現令人緊張的發展感覺很刺激。」

「雖然途中就變成單方面屠殺了。」

「你呢？」

7月22日（星期四）　淺村悠太

「這個嘛，應該有享受到吧。還有……」

我回想比賽。

「看見截然不同的丸，讓我有點意外。」

聽到我這句話，綾瀨同學也點點頭。

「這樣啊。連你也沒見過那樣的丸同學。我只有和你待在一起時見過他幾次，不知道他還有那樣的一面。」

「是啊，那傢伙總是一副從容的模樣嘛。雖然這也代表對手相當強，但是拚命的丸實在很罕見。就連我看著看著也不禁激動地站了起來，冷靜一想，剛剛那樣可能有點丟臉呢。」

我說出這番話時並未多想，然而——

「你的意思是，丸同學的樣子也很丟臉？」

聽到她這麼說，我頓時驚覺。

碰上周遭都認為贏不了的對手，丸他們卻拚命地咬住不放。他們的身影閃過腦海。

我覺得他們的樣子很丟臉嗎？

「沒這回事。不會。」

「那麼，一心一意為他們加油的你，當然也不會丟臉，不是嗎？」

吹過公園的晚風搖晃群樹，樹葉摩擦的聲音傳進耳裡。一併傳來的綾瀨同學這幾句話，聽起來像是在開導我。使我原先焦躁的心恢復平靜。

「不過……該怎麼說呢？我從沒想過自己會有這種行為。」

「關於這點啊。你不是覺得丟臉，而是因為害羞吧？」

綾瀨同學舉起一隻手，握拳之後又張開。

「我想牽手。可以嗎？」

她突然冒出這句話，令我有點困惑。我不禁低頭看向自己的手。

掌心有汗水。感覺比平常來得濕，該怎麼辦……

「嗯。」

綾瀨同學向我伸出手。她都做到這一步了，我不能退縮。

我輕輕牽起她的手。

相連的手落在彼此之間。

不知不覺間停下腳步的我倆，就這樣邁步向前。綾瀨同學慢條斯理地說道：

「因為拚命幫他們加油的你——」

相繫的手在我和她之間搖晃。

「在我眼裡——也很帥。」

我們配合彼此的步伐，緩緩地走著回家路。掌心的熱度和她的熱度混在一起。合而為一的熱度，在我們中間搖擺。

「輸掉了，真的好可惜。」

「是啊。」

「丸同學接下來會怎麼樣呢？輸球就當不成職業選手嗎？」

「這就不曉得了……不過，就算贏得勝利，能夠成為職業選手的應該也只有一小部分。」

「我雖然完全不懂棒球，卻隱約看得出來是丸同學領著那支隊伍前進。因為，其他選手一直看著丸同學。」

「是這樣嗎？」

「走進球場的時候、退回休息室的時候，丸同學都是最後一個吧？」

聽到她這麼說，我試著回想。

老實講，我沒注意到這部分，所以完全不記得。記憶最鮮明的部分，就是被常綠敲出一支清空壘包的二壘安打掉了三分那局。

先是激勵投手，接著鼓舞其他人，最後緩緩退場時，丸確實走在大家後面。

忘了是什麼時候，丸曾經說過。捕手是團隊的指揮塔。捕手是比賽中唯一能看見隊伍全員表情的位置。無論是走進球場時，還是退場休息時，丸應該都在看著隊伍裡的所有人吧。

坐下之前，丸回頭看了計分板一眼。當時丸臉上的表情，我還記得一清二楚。

「然後，其他人在等待丸同學的時候，一直看著他。無論是出場的時候，還是退場的時候。」

「妳看得真清楚耶。」

其實綾瀨同學比我更適合觀賞運動吧？

我當時沒注意，所以不曉得綾瀨同學說的是真是假。不過，大概真是她說的那樣吧。

「正如丸關注每一位選手，其他人也都看著丸，是嗎？」

「我想，這是因為大家都信賴他。所以，呃……其他選手應該也能感受到丸同學有多認真，會覺得他很帥吧。」

綾瀨同學這幾句話，再次提醒了我。她說，班際球賽時她就想過，高中的班際球賽大家要看的恐怕不是「厲害」，而是「帥」。

因為厲害所以帥氣，應該也是有。

那麼，輸掉比賽的選手就不帥了嗎？

我張開手掌、闔起、握緊。

看比賽時，我毫無自覺地握緊拳頭，下意識地站起身。從丸的身上，我感受到他投注在比賽裡的熱情，當時他確實抓住了我的心。

——其他選手應該也能感受到丸同學有多認真，會覺得他很帥吧。

綾瀨同學說道。

「當然，其他的人，包括敵隊選手在內，也都很認真。不過，他能夠讓周圍的人感受到這點。因為能讓人覺得很帥，看見這點之後應該會覺得他值得信賴。能做到這點是否很普通，我不曉得。不過，我想他是藉著讓隊伍裡的所有人看見自己的表現，帶領大家向前走。」

丸展現出自己對棒球的熱情，連原本對棒球不感興趣的綾瀨同學也能感受到。

「所以，想必還有很多人同樣覺得他很帥。看見一個這樣全心全意的人，我不願意說他難看。應該也找得到別人有同感。或者該說，我知道有人這麼想。」

雖然要保密——她補了這一句。

綾瀨同學握緊了那隻與我相繫的手，然後看著我。

「我認為，那不會是白費力氣。應該會有人明白。」

「希望如此。」

相較於容易認命的我，丸應該真的是個會邁出步伐的人。

不知不覺間，天空轉為暗紅。

看著綾瀨同學夕陽下的側臉，腦中不禁冒出「真希望我在她眼裡看起來很帥」這種不像我的念頭。

因為我總是害怕踏出那一步而駐足不前。

7月22日（星期四）　綾瀨沙季

我看見坐在旁邊的淺村同學站起身。

聽到他大喊好友的姓名。

撞擊金屬造成的「鏗」一聲，就在這一刻響起。我連忙將目光轉回綠色草地。球在哪裡？找到了！我好不容易才發現，夾在藍天和白雲之間看不清楚的球落在草地上。位置在呈扇型延伸的外側中央一帶。敵隊選手拚命地追球。

已經拔腿往前衝的丸同學，在畫成菱形的白線上奔跑，抵達第二個角。

安打？那就叫安打對吧？

我看向應該很開心的淺村同學，然後目睹站起身的他大喊。

「太好啦！」

從沒見過他這樣的表情和舉止。他揮舞著拳頭，看起來真的很開心。起先愣住的我，揚起了嘴角。連我也不禁感到開心。真棒。

我拍拍他的腰，他頓時驚覺並轉過頭來。我微笑著說道。

「剛剛那球真棒，對吧？」

淺村同學先是一臉驚訝，然後一屁股坐下。看樣子他剛剛沒發現自己下意識地站了起來。

比賽進入尾聲，儘管丸同學打出安打（似乎叫做二壘安打），但隊友後繼無力，只追回一分。

這時候雙方差距已經多達三分。

下一局，對方又得一分將差距拉開。

比賽就這樣結束了。

八比四。水星高中落敗。

列隊退場的選手們，來到觀眾席面前，向我們一鞠躬。

我們也在真綾的領頭下起立，讚揚他們的奮戰精神。

手機震動，真綾傳了訊息過來。

【撤收之後，能不能出來一下？】

我抬起頭，看見觀眾席前方的真綾向我揮手。

收拾完飲料瓶罐，我向淺村同學他們說了一聲，然後來到廣廊。

我和真綾會合。他們那一團看來也收拾完畢了。

「各位～今天辛苦啦！謝謝！」

等大家回應後，真綾說道。

「待會在站前有慰勞大會，要參加的人先去店裡等喔～有事的人就地解散！」

眾人回答「了解」。

「你們還有慰勞大會啊？」

「畢竟是暑假期間找大家出來，總會想聊一下不是嗎？」

「原來如此。」

「然後呢，我打算在選手休息室那邊的通道埋伏丸同學他們，沙季妳可以陪我去嗎？」

真綾抱著花束這麼說，讓我有些疑惑。

要等人家出來是吧？不過，這樣會不會給人家添麻煩？社團活動結束後，不是也要開會或者舉行真正的慰勞大會嗎？

「我已經知會過社團了，沒問題。只是要把大家準備的慰勞品拿過去而已。」

說著，她便揚起花束。原來如此，擔任真綾加油團的代表是吧。

「既然這樣，應該把淺村同學他們一起叫來吧。」

我原本這麼想，但真綾含糊地表示不太方便，說有我在就好。

「拜託！我只是要把這個拿給人家，然後說幾句話而已！」

於是我答應了。反正看起來也用不著多少時間。如果會拖很久，我就傳個訊息——我抱著這樣的念頭跟在真綾後面。但我和丸同學沒那麼熟耶，沒問題嗎？會不會很尷尬啊？

沿著廣廊往前走一小段路有個通往一樓的階梯，下樓之後就是通往選手休息室的走道。大剌剌地走過去可能會妨礙別人，所以我們在出口等。

沒多久，選手們就出來了。

不愧是人面廣的真綾，她在棒球社好像也認識不少人，一個個道過「辛苦了」之後從我們面前離去。有幾個人體貼地問「丸？要不要我去叫他？」，不過真綾婉拒，表示要在這裡等。

丸同學是最後一個出來。他在休息室裡一再回頭檢查，接著又向房間裡一鞠躬才出來。他往這邊走來時，頭有點低。

注意到我們後，他微微揚起嘴角，像是在笑。

「辛苦了。」

真綾邊說邊將花束遞給他。

丸瞪大眼睛接過花束，一臉很意外的表情。

「不好意思啊。」

「來加油的大家送給棒球社的。丸同學是隊長，所以交給丸同學。」

「嗯。」

丸同學看著花束，退到牆邊避免擋路。

他重重吐了口氣，一會兒後才開口。

「唉……好強啊。」

說完，他又停頓了一下。

「對手太強。你們都特地來加油了，抱歉啦。」

他面露苦笑，但是眼角有些紅腫，走出休息室前應該哭了好一陣子吧。不過，丸同學總是最後一個出來。因為要盯著大家別失了分寸。

真綾往前走了一步，從下方打量丸同學的表情後說道：

「唉呀～反正我們是自己要來加油的呀？不用在意這種事啦。嗯，而且我覺得很有意思。滿足滿足！」

儘管真綾拉高了音調，但是和真綾她的聲音相比實在太高了，聽得出是硬擠出來的。

「我也……覺得很有意思。雖然這是我第一次看棒球。」

「你看看，沙季都這麼說了，不會有錯。由我來說或許不太可靠就是了！」

「是啊。」

「咦～？好過分！居然講這種話～不過真要說起來，這場比賽要是丸之助四打數八安打就贏了嘛！噗～！」

「喂，我可不曉得要怎麼讓安打數比打席數還多。」

「用兩顆球！然後，雙手雙腳各多兩隻，這樣在物理層面上就做得到！」

「妳這個瘋狂科學家。奈良坂，看來我得好好和妳討論一下『物理層面』這個詞的意義才行。」

「放馬過來～！」

看著兩人鬥嘴，感覺他們很要好。他們什麼時候建立這種交情的？

見到真綾得意地挺起胸膛，丸同學瞇起眼睛笑了。下一秒他的臉就皺成一團。

「哈哈……你這傢伙還真是……」

丸同學抬起頭把某種情緒壓了下去，之後突然看向我。

「我說啊，綾瀨。」

「什麼事？」

「淺村怎麼樣了？」

「咦，淺村同學？」

「他剛剛就在妳旁邊一起看球吧？」

「呃……」

這個嘛……是一起沒錯。

「丸同學他啊，之前就說希望淺村同學可以來看一次自己的比賽喔。」

是這樣嗎？既然如此，直接邀他來就行啦。

「如果只邀他，他大概會一個人跑來吧。」

「這樣不行嗎？」

7月22日（星期四）　綾瀨沙季

「這個嘛……我雖然希望他來看球，但也希望有個人能幫忙觀察看著我的他。」

要有個人觀察看著丸同學的淺村同學？

我微微歪頭，不明白是什麼意思。

「唉，妳大概聽不懂吧。」

說到這裡，丸同學從廣廊的窗戶往外看。充斥著蟬鳴與陽光的夏日景色。

「綾瀨知道ＷＢＣ嗎？」

「不知道。」

我老實地回答，得到他的苦笑。所以就說了，我對運動一點也不關心啊。我連奧運都沒看。

「世界棒球經典賽的簡稱。嗯，就是決定棒球世界第一的大賽啦。」

「世界……呃，也就是規模很大的棒球賽？」

「嗯，大概就是這樣。」

丸同學說起他小時候的事。

無線電視的類比訊號關閉後，又過了一陣子。液晶電視漸漸普及，人人都能近距離觀賞大螢幕的漂亮畫面。丸同學他們家也在那年夏天買了大型電視，當時就已愛上動畫的丸同學成了電視兒童。

那一年的秋天，舉行了ＷＢＣ。

他們一家人在電視機前看球，丸同學原本因為不能看動畫而很不滿，卻很快就迷上了叫做棒球的運動。

那些與全世界交鋒的職業選手，英姿深深烙印在丸少年的眼裡。

選手們在球場上奔跑、投球、打擊。有令人屏息的投手戰，也有痛快淋漓的打擊戰。雖然那一屆日本很遺憾地沒能拿下冠軍，但是選手們追逐小白球奮戰的身影，對他造成了很深的影響。

看得非常興奮，緊張得手心冒汗。

透過畫面，丸少年體會到不輸給任何娛樂的感覺，於是希望有一天自己也能透過棒球讓人感到興奮。

「原來你是抱著這樣的念頭打棒球啊……」

「不是。」

咦？我不禁疑惑地出聲。不是嗎？

「我是因為喜歡棒球才會持續下去，卻不是一直都在想這些。小時候就算了，隨著球技精進，我愈來愈能感受到自己和職業選手的差距。我想，自己恐怕辦不到。所以，我漸漸不再去想那些——這才是實際狀況。」

「原來……是這樣啊。」

一時之間，我們三個都默默不語。

「然後呢，發生不少事，直到最近我才想起初衷。唉，因為有三方面談嘛。」

我起先還不懂為什麼會想起那麼久以前的事，稍微想了一下才明白，因為丸同學也在考慮自己將來的出路。

高中三年級。每個人都開始思考將來的自己要怎麼走。

「正好就在不久之前，我也和淺村聊過。我問他，你覺得當個職業運動選手的必要條件是什麼。」

「呃………才能？」

一聽到我這麼回答，丸同學就笑了出來。

「你們啊……真的很像耶。」

「什麼意思？」

「啊，嗯，沒什麼。那麼，綾瀨啊。所謂的才能是指什麼？」

「勝任那項職業所需的能力。」

我立刻回答，丸同學深深點頭。

儘管很多人會誤解，但「才能」這個詞指的並非來自基因、血統等能力。以前我聽媽媽說過，與生俱來的能力，會加上「天生的」這個前綴。

必須加上這種前綴，代表「才能」這個詞和血統無關。

因為生活所需而拚命學會怎麼當個調酒師的媽媽，才有辦法說出這種話。

持續擔任這個職業所需要的能力。

雖然也有能力絕大部分都受到基因左右的職業……媽媽同樣這麼說過就是了。

不過嘛，我也不曉得基因對於調酒師這個職業有沒有影響。

「好答案。不過，也可以說算不上答案。我以前也想過類似的事。所以，才會在意自己和職業選手的技術差距。」

「嗯，我懂。」

我之所以再喜歡下廚也沒打算當個廚師，就是因為覺得以自己這點本事應該還不夠。嗯，雖然也沒意願取得所需的能力。對我來說，自己覺得好吃就夠了。

呃，所以就和我做飯一樣，丸同學也是因為喜歡才持續下去？

「不過，我後來覺得不止如此。這話我也對淺村說過，我認為，人們會要求職業選手有『能賺錢的表現』。」

這時候真綾插嘴。

「就是會不會讓人想付錢觀賞的意思？」

「這個嘛，沒錯。所以，才能吸引球探的目光、吸引支持者。所謂『有看頭』。球打得好是必要條件，卻不是充分條件。」

「丸之助又～在說些難懂的話了。」

「沒辦法，因為真的很難。接下來這些我也對淺村說過——我的球技當然還不夠好，除此之外，我也不確定自己的表現能否吸引觀眾。」

丸同學說到這裡，我才明白他對我有什麼期待。

「簡單來說，你希望讓別人看見自己打球的模樣，也希望有人把觀眾當時的反應告訴你。」

丸同學點頭。

「我不敢說自己能贏得所有觀眾的目光。畢竟要是真做得到，代表每個人都會對我的表現印象深刻。」

當然，他應該也不是完全不抱期待。

「不過啊，我還是會希望自己的表現足以打動朋友的心，不是嗎？畢竟是高中的最後一場比賽了嘛。我不希望投注在棒球上的高中生活留下遺憾。」

丸同學平靜地說完，然後問我。

「怎麼樣？」

「這個嘛……」

說謊沒有用，何況我也不打算說謊。我開始說起自己眼中所見的淺村同學。

原先靜靜觀賞的他，在丸同學打出安打的那一刻，下意識地起身歡呼。最後出局時，他看起來不甘心到彷彿落敗的是自己。我還是第一次看見他露出這樣的表情……

丸同學默默聽完後，說了句「這樣啊」。

「如果可以，真希望贏下比賽給他看。我真沒用。」

真綾嘟著嘴說道：

「有什麼關係。你已經努力過啦！」

「我說啊，談努力對於比賽是沒意義的。大家又不是比努力程度。」

「咦～」

真綾顯得很不滿，丸同學則是聳了聳肩。我明白他的意思。因為這又不是比賽努力程度的大會。不過——

「不過，丸同學小時候看的那個……是叫ＷＢＣ？你剛剛說日本沒有贏下那次大賽對吧？」

「是啊，我記得……是第三名吧。」

「丸同學為什麼看了那次比賽之後開始打棒球？」

聽到這句話，丸同學就像被戳中弱點一樣。

「這個嘛……該怎麼說呢，因為他們拚命求勝的模樣打動了我……」

「那麼，就算丸同學比賽時的模樣打動了淺村同學也不足為奇，不需要說自己沒用吧？還是說……你不夠拚命？」

「沒這回事！」

丸同學注意到自己下意識地喊得很大聲，連忙閉上嘴。

真綾拍拍他寬大的背。

通道另一邊傳來社員們「喂～丸～」的喊聲。看來我們聊得久了點。

「我們差不多該回去了。」

「喔，好……多謝這束花啦，奈良坂。」

「不夠！」

「咦？」

「這種平凡又見外的道謝太無聊了啦～重來！唉呀～你該有些點子吧！像是真綾公主、真綾大人之類的！」

「妳……！白痴啊？」

傻眼的丸同學轉過身去，走向其他社員。

「過分！太過分了吧～？」

「我說過很感謝妳了吧……真綾。」

說完，他大步離去。

「那麼，我們也回去吧。走嘍……真綾？」

「不、不要看我！」

不知為何真綾滿臉通紅，還把臉別開。她彷彿整個人僵住一樣，一時之間無法動彈。

……得讓淺村同學他們等了呢。

7月22日（星期四）　綾瀨沙季

丸同學的背影消失，狹窄的一樓通道只剩下我和真綾。
通道上的方形窗戶，吹來一陣不冷不熱的風。
「差不多該走了吧？」
「啊～嗯。抱歉讓妳久等了。」
真綾說完，我們便朝著連往二樓通道的的階梯走去。
但是沒走幾步，真綾就停了下來。
我注意到之後連忙回頭。
「怎麼了嗎？」
真綾垂下頭，水珠從她臉上滴落。小水滴就像墨汁一般，在灰色混凝土地面留下圓形的痕跡。
「真綾……？」
我想看清她的表情，真綾卻直接把臉埋進我胸口。
嗚咽聲響起。
「我不甘心。我不甘心啊……」

「真綾。」

我好像還是第一次看見這位友人落淚。她沒有嚎啕大哭，而是把臉埋在我懷裡啜泣。我不知如何是好，只能輕撫她的背。

真綾一邊哭泣，一邊對我傾訴。

丸同學為這次夏季大賽是多麼努力。雖然不曉得真綾為何會這麼清楚，但是她將這些全都告訴我。

就算是寒冬，也會在天還沒亮就開始跑步。

就算在所剩不多的假日見面，也會累到在咖啡廳趴著睡覺（原來他們在那種地方見面啊）。

就算碰上喜歡的深夜動畫播放，也會自我克制確保睡眠時間，活動也不參加。

「活動？」

「那個丸同學！連Comike都不去了耶！」

雖然不太明白，但似乎有這樣的活動。

為了大賽而努力至今的丸同學讓她感同身受，彷彿輸球的是自己一樣，所以讓她很不甘心……

「可是、可是啊。真的想哭的人應該是他呀。所以——」

自己不能在他面前哭，所以一直忍耐。

窗外傳來的擾人蟬鳴，蓋過了真綾的啜泣聲。

雲朵遮住太陽，日光隨之變暗。陽光不再照進來，地板上的淚痕也看不見了。

「沙季……」

「好好好，怎麼樣？」

「謝謝妳陪我來～」

「知道啦知道啦。」

我輕撫真綾的背。但是，她的啜泣始終停不下來。

——唉，反正我能做的也就只有這點小事。

以「好友」這個稱呼來說，我待在她身旁的時間還不夠長。因為我完全沒發現真綾和丸同學的交情這麼深。

「嗚……嗚，沙季～」

「嗯～？」

「他啊，已經很努力了對吧～」

「……笨蛋。」

「唔？」

「如果我說不是呢？」

「唔……我會生氣。」

「那麼，不管我說什麼都一樣吧。丸同學剛剛不是講了嗎？」

「他講了什麼？」

她明明遠比我來得敏銳的。

「他希望自己的表現足以打動朋友。所以說，對於丸同學而言，重點不是我怎麼看，而是朋友怎麼看，這樣才對吧？就像他想讓淺村同學看見那樣。」

真綾抬起頭。

唉呀，這下子臉上的妝不是都哭花了嗎。

「拿去，把臉擦一擦。」

說著，我把手帕按到她臉上。

「唔唔……」

「真綾不算朋友嗎？」

「嗚，應該算。」

「那麼，我在這邊說『我覺得他很努力喔』這種話也沒意義。妳自己對他多說幾次就好了。因為在妳眼裡看起來就是這樣，對吧？」

我盡量講得緩慢而仔細，臉還埋在手帕裡的真綾連連點頭。

沒錯，我的感想沒什麼意義。

對故事主角影響力大的是配角，不是路過的無名小卒。我對丸同學不熟。在他的故事裡，我不過是個擦身而過的路人Ａ，也沒打算和他有什麼深入的關係。

然而——

真綾又是如何？難道只是因為彼此同班，她又恰好了解詳情，才會這麼拚命地幫人家加油嗎？

還是說，她希望有更深入的關係——想要在丸同學擔任主角的故事裡，當個有名字的登場人物？

——在真綾眼裡是什麼樣子。

——由真綾自己告訴丸同學比較好喔。

我一邊這麼告訴真綾，一邊思考。我這番話，究竟是在說誰呢？

雲朵離去，陽光回歸。

從窗戶照進來的陽光，在地上切出一個方塊。

淚痕已經消失無蹤。

在澀谷車站和大家道別後，只剩我和淺村同學兩人。

太陽終於西斜，藍天的顏色從東邊開始逐漸變濃。

我一邊走在傍晚的街道上，一邊打量淺村同學的臉。

我問他是不是累了，他想了一下之後說好像累了，明明是在講自己，卻回答得很模糊。

我笑了。因為，他那麼認真加油，不可能不累的。

彎進小巷之後，都會的喧鬧離我們而去。

相對地，蟬鳴變吵了。

我們邊聊邊穿過公園時，淺村同學問起回家前我和真綾碰面的事。不過抱歉，那是真綾的私事，我不能講得太詳細。

聽完我的回答，淺村同學沒有繼續追問。

他這一點值得尊敬。不會輕率地干涉別人的私事。

不過，他絕對不是刻意遠離。

……應該不是吧。

剛認識那時，淺村同學說不定會主動遠離。

我也一樣。應該說，想和別人保持距離的是我。

想成為海中的孤島，成為不會損傷的硬石。

想要變得堅強，擁有一個人也能活下去的本事。

雖然淺村同學也有類似的感覺。

他沒有像我這樣明擺著拒絕別人。淺村同學還有丸同學這個親密的朋友。

而我，就連真綾也想保持距離。

對於這樣的我，真綾很有耐心地等待。直到我遇上淺村同學，逐漸解除裹了一層又一層的荊棘牢籠。

一點一滴、一點一滴。真綾是個很有耐心的人。

話是這麼說，但就在我不知道的時候，她和丸同學已經那麼要好了，可見能夠進攻的時候她還是會進攻。

淺村同學常說真綾很擅長與人交流。不過真要說起來，我覺得真綾應該是擅長評估所謂「適當的距離」。

碰上靠近也無妨的人就會直接走過去，遇到我這種個性麻煩的人就會慢慢來。和我差多了。我不擅長評估自己和別人的距離感。想必是因為我從小就抗拒和別人扯上關係。所以大多數人都對我的冷淡失去耐心，早早選擇遠離。我腦中閃過最近才來的打工後輩。一開始她還會突然縮短距離黏上來，但可能是因為我不太曉得該怎麼和她相處吧，最近她好像會刻意和我保持距離。與人相處實在好難。

公園一角有對在傳接球的父子。

「淺村同學和太一繼父以前會那樣嗎？」

我想，是因為在看完棒球回家的路上，我才會有此一問吧。問出口的時候我也沒多想。

結果淺村同學回答，他都在看書，沒怎麼運動。其實就算他不說，稍微想一下也猜得到。畢竟這樣才符合他給人的印象。

不過，他對運動的了解遠比我來得多。雖然他謙虛地說，都是從小說和漫畫裡看來的。

對於棒球比賽，他了解的也遠比我多。

一聽到我這麼講，淺村同學就表示他那些都是外行人觀點，還對自己興奮地大叫感到很不好意思。

「就連我看著看著也不禁激動地站了起來，冷靜一想，剛剛那樣可能有點丟臉呢。」

他說出這樣的話。

明明你的朋友很高興你當時有那種反應。

我以不像出自我口中的語氣堅決否定。

雖然我知道淺村同學是因為害羞才會那麼講，但是我非說不可。

丸同學由真綾告訴他就好。

但是，淺村同學——

我偷偷瞄向走在身邊的男友。淺村悠太——我想當他的女友。事到如今，我不想再回去當個無名小卒。

所以，我盡可能地說明，為朋友加油的他在我眼裡是什麼模樣。

既然想在他眼中成為他故事裡的重要角色，這些話就必須由我來告訴他。

我想起排球場上緊張到手足無措的自己。想起為我加油的大家。

適當的距離。該踏出那一步時，真綾沒有猶豫。

我深吸一口氣，吐氣。然後開口。

「我想牽手。可以嗎？」

淺村同學有些困惑地看著我，然後又低頭看向自己的手。他還在猶豫，因此我乾脆把自己的手伸出去。

「嗯。」

伸出去的手停在半空中，就在我緊張時，淺村同學輕輕牽起了那隻手。相連的手就這樣落在彼此之間。

不知不覺間停下腳步的我倆，就這樣邁步向前。

「因為拚命幫他們加油的你——」

我對他說。

「在我眼裡——也很帥。」

幸好蟬鳴很大聲。要是再安靜一點，恐怕他會聽到我劇烈的心跳聲。

他牽著我的那隻手，我緊緊握住，不想放開。

國家圖書館出版品預行編目資料

義妹生活 / 三河ごーすと作 ; Seeker 譯 . -- 初版 . --
臺北市 : 臺灣角川股份有限公司 , 2024.07-
冊 ;　公分 . -- (Kadokawa fantastic novels)
譯自 : 義妹生活
ISBN 978-626-400-217-2(第 9 冊 : 平裝)

861.57　　113006544

Kadokawa
Fantastic
Novels

義妹生活 9

(原著名：義妹生活 9)

2024年7月25日 初版第1刷發行

作　者：三河ごーすと
插　畫：Hiten
譯　者：Seeker

發 行 人：台灣角川股份有限公司
總　監：呂慧君
總 編 輯：蔡佩芬
主　編：林秀儒
編　輯：邱瑑萱
設計指導：陳晞叡
美術設計：李思穎
印　務：李明修（主任）、張加恩（主任）、張凱棋、潘尚琪

發 行 所：台灣角川股份有限公司
地　址：104台北市中山區松江路223號3樓
電　話：（02）2515-3000
傳　真：（02）2515-0033
網　址：www.kadokawa.com.tw
劃撥帳戶：台灣角川股份有限公司
劃撥帳號：19487412
法律顧問：有澤法律事務所
製　版：巨茂科技印刷有限公司
ＩＳＢＮ：978-626-400-217-2